„Viele meiner Bücher sind vor langer Zeit zum ersten Mal erschienen. Sie wurden von den jungen Mädchen gelesen, die heute Mütter sind und jetzt Töchter im Berte-Bratt-Buch-Alter haben. Doch all die Jahre hindurch sind sie Lieblingsbücher der Jugend geblieben, obwohl vieles darin einem modernen jungen Mädchen heute fremd vorkommen muß. Die Zeiten haben sich eben geändert und auch die Gewohnheiten und die Mode. Aber der Kernpunkt dieser Bücher hat immer Gültigkeit: Die Liebe junger Menschen!"

Berte Bratt

Ich zähl die Tage im Kalender

Berte Bratt

Ich zähl die Tage im Kalender

Roman

Franz Schneider Verlag München

Inhalt

Mit Zahnschmerzen fing es an

Als ich fünf Jahre alt war, standen meine Berufspläne fest.

Ich war im Zirkus gewesen, was an sich ein ganz großes Ereignis war. Denn die elterlichen Finanzen erlaubten keine solchen Sprünge. Ich wurde aber von der Mutter einer Freundin eingeladen, und in den nächsten vierzehn Tagen war der Zirkus mein einziges Gesprächsthema. Weit und breit verkündete ich, daß ich Kunstreiterin werden wollte. Ich stellte mir vor, auf einem galoppierenden Pferd zu stehen und durch brennende Ringe zu springen.

Als ich mir aber kurz danach einen Finger verbrannte und laut heulend zu meiner Mutter kam, änderte ich schlagartig meine Pläne. Man konnte sich bestimmt bei dem Durch-brennende-Ringe-Springen verbrennen. Und das würde sicherlich noch mehr weh tun als der Finger!

Dann besuchte ich meine älteste Schwester Beate, die zu dem Zeitpunkt Haushälterin bei Familie Rywig in Oslo war. Dort vollbrachte ich eine Schandtat, indem ich dem fünfjährigen Rywigsohn Hans Jörgen seine ganze goldene Lockenpracht abschnitt. Ich fand es wunderbar und hegte eine Zeitlang den einzigen Wunsch, Friseuse zu werden.

Als ich zur Schule kam, wurden neue Wünsche in mir wach. Wir lernten Stricken, jedes Kind bekam ein Knäuel weißes Baumwollgarn und zwei Stricknadeln ausgehändigt. Aber die Lehrerin hatte ein großes Knäuel ganz rotes, dickes Garn und zwei lange Nadeln, womit sie uns die Anfangsgründe der edlen Strickkunst demonstrierte. Die feuerrote Wolle faszinierte mich, und ich beschloß, Lehrerin zu werden, damit ich auch mit roter Wolle stricken durfte.

Als aber das Gebilde fertig war, das man mit viel Nachsicht und Wohlwollen als den Topflappen betrachten konnte, den das festgelegte Pensum von mir verlangte, war mein Strickinteresse auf einen absoluten Nullpunkt herabgesunken. Und dort befindet es sich noch. Es war mir klargeworden, daß ich als Handarbeitslehrerin vollkommen fehl am Platze sein würde.

Die Jahre vergingen, und die täglichen Pflichten und das tägliche Spielen nahmen mich derart in Anspruch, daß ich wenig an meine Zukunft und den einmal zu ergreifenden Beruf dachte.

Ich hatte das fragwürdige Vergnügen, an derselben Schule Schülerin zu sein, wo mein Vater Rektor war.

Meine sieben älteren Geschwister hatten dasselbe Schicksal gehabt. Eine Zeitlang hatte mein armer Vater vier seiner acht Sprößlinge auf einmal in seiner Schule und war bestimmt jedesmal heilfroh, wenn er einen davon ins Gymnasium rüberlotsen konnte.

Ich bin die jüngste der Hettringschen Kinderschar, und ich war komischerweise diejenige, die am liebsten zur Schule ging. Das Lernen machte mir wirklich Spaß, und mein Vater nickte wohlwollend, wenn ich meine Zeugnisse nach Hause brachte.

Ach ja, richtig, ich müßte wohl eigentlich erzählen, wer ich bin. Also, mein Name ist Heidi Hettring. Ich habe zwei Schwestern und fünf Brüder. Meine älteste Schwester, Beate, ist siebzehn Jahre älter als ich und trug anfangs viel zu meiner Erziehung bei. Die Klapse, die ich in meiner frühen Kindheit abbekam – und verdiente –, wurden mir hauptsächlich von Beates schwesterlicher Hand verabreicht. Beate hatte nicht die Engelsgeduld meiner Mutter, und wenn sie Mutti vertrat, wurden die Erziehungsmethoden sehr vereinfacht.

Seit Jahren ist Beate mit Doktor Gerhard Rywig verheiratet. Außer einem Mann bekam sie bei der Gelegenheit vier große Kinder: Bernt, die Zwillinge Sonja und Senta und dann Hans Jörgen, dem ich damals seine blonden Locken abschnitt.

So kam es, daß ich mit sechs Jahren Tante wurde. Mein ältester Neffe war damals vierzehn, die Zwillinge zwölf und Hans Jörgen, der kahlköpfige, gleichaltrig mit mir. Ich verlangte energisch von den vieren mit „Tante Heidi" angeredet zu werden, was sie auch eine Zeitlang taten. Nach einem weiteren Jahr wurde ich wirklich Tante, denn dann bekam Beate ihr erstes Kind, den kleinen Stefan, und ein paar Jahre später wurde Annettchen geboren. Die beiden kleinen haben mich nie „Tante" tituliert!

Als Kind und Teenager habe ich oft Beate besucht, und diese Besuche waren die ganz großen Ereignisse in meinem Dasein. Im Hause Rywig war es immer lustig, wir verstanden uns großartig, und ich freute mich wie ein Schneekönig (oder eine Königin), wenn wieder eine Osloreise fällig war!

Dann wurde es ruhiger im Hause Rywig. Bernt heiratete schon als Student – jetzt ist er längst Arzt –, und die Zwillinge heirateten auch. Senta, einen Studenten der Zahnmedizin. Sie wohnten ein Jahr in Deutschland, wo Rolf sein Examen machte, dann kamen sie nach Oslo zurück. Und Sonja – ja, wo sie sich auf der Welt befindet, weiß man nie! Bald ist sie in Afrika, bald kommt ein Ferngespräch aus London, und voriges Jahr bekam ich einen Kartengruß von ihr aus Australien! Ihr Mann ist Wissenschaftler – Zoologe – und arbeitet für das Mary-Green-Institut in England.

Als ich in der Unterprima war, verbrachte ich die Osterferien bei Beate. Sie ist die liebste und fröhlichste große Schwester, die man sich denken kann! Sie kümmert sich nicht mehr um meine Erziehung und gibt mir keine Klapse mehr! Wir sind richtig gute Kameraden und haben uns gegenseitig ganz schrecklich lieb.

Diesmal fand ich einen hoch aufgeschossenen elfjährigen Neffen vor – das war Stefan –, und die kleine Annette war im ersten Schuljahr und war jetzt an der Reihe, einen harten, verschwitzten, immer grauer werdenden Topflappen zu stricken!

Hans Jörgen war auch in der Unterprima, also hatten wir viele gemeinsame Interessen und Erfahrungen. Mein Schwager, den ich nach wie vor „Onkel Doktor" nenne – was die Familienverhältnisse noch undurchsichtiger macht –, hatte ein paar neue Silberstreifchen an den Schläfen und ein paar neue kleine Fältchen im Gesicht. Aber er war sonst genauso lieb und munter und so voll Neckereien wie immer.

Am Ostersonnabend war Senta mit Mann bei uns – Senta übrigens höchst schwanger, sie erwartete ihr erstes Kind in wenigen Monaten –, und wir hatten es riesig gemütlich. Nach dem Abendbrot saßen wir vor dem Kamin und knabberten Pralinen aus dem großen Karton, den mein vorbildlicher Schwager immer seiner Frau zu allen Feiertagen schenkt.

Dann geschah das, was für meine Zukunft bestimmend werden sollte.

Ich weiß nicht, worauf ich gebissen hatte. Wahrscheinlich war ein Stückchen Nußschale in eine Praline mit reingerutscht. Jedenfalls habe ich einen Schrei ausgestoßen, hielt die Hand an die rechte Backe und merkte, daß mir die Tränen in die Augen traten. Es tat so wahnsinnig weh!

Rolf, der Zahnarzt der Familie, kam her zu mir.

„Mund auf!" kommandierte er und neigte die Stehlampe so, daß das Licht auf meinen beschädigten Zahn fiel.

Zehn Minuten später saß ich neben ihm im Auto und wir fuhren in seine Praxis.

Er schaffte es, die Schmerzen zu beseitigen, mußte mir aber mitteilen, daß ich ein ganzes Stück von einem Zahn kaputtgemacht habe und daß er keinen anderen Ausweg sah, als mir eine Goldkrone zu machen.

So kam es, daß ich für die restliche Zeit meiner Osterferien jeden Tag zum Zahnarzt mußte. Feiertage hin, Feiertage her, ich kann dich nicht mit dieser Bescherung zurück nach Tjeldsund fahren lassen, sagte Rolf.

Eigentlich war es schön, vom Zahnarzt per Auto abgeholt zu werden und dranzukommen, ohne eine Ewigkeit in einem vollen Wartezimmer zu verbringen!

Ganz besonders schön war es, nach der Behandlung in die Privatwohnung zu gehen, wo Senta mit frisch aufgebrühtem Tee auf uns wartete und wo wir ein urgemütliches Plauderstündchen hatten, bevor Rolf mich wieder nach Hause brachte.

Was ich auch furchtbar gern mochte, war das „Rumschnüffeln" in der Praxis. Alles war so blitzeblank, so pieksauber, so praktisch und so schön durchdacht. Die Praxis war erst ein halbes Jahr alt, und Rolf war riesig stolz auf sie. Er war mehr als willig, mir alles zu zeigen, und ich war mächtig imponiert über seine ganz moderne Einrichtung. Was gab es doch alles jetzt, um dem Arzt die Behandlungen zu erleichtern und dem Patienten die ganze Prozedur so wenig angenehm wie möglich zu machen!

Wenn mein guter alter Zahnarzt – unser Familienzahnarzt seit langem vor meiner Geburt – das alles gesehen hätte! Er wäre blaß vor Neid geworden!

„Sag mal, Rolf", fragte ich eines Tages beim Tee, „wie kamst du darauf, Zahnheilkunde zu studieren?"

„Ja, wie kam ich darauf? Zuerst wollte ich Medizin studieren, aber allmählich habe ich wohl erkannt, daß ich mich lieber um kranke

Zähne als um entzündete Blinddärme und verdorbene Mägen kümmern wollte. Weißt du, die Zahnheilkunde ist ungeheuer interessant! Und dann ist es schön, den Mitmenschen helfen zu können, wenn sie scheußliche Schmerzen haben. Und ganz besonders gern mache ich komplizierte Arbeiten, wie Brücken, Wurzeloperationen, Stiftzähne ..."

„... und Goldkronen!" ergänzte ich.

Rolf erzählte weiter, von all den unglaublichen Möglichkeiten der modernen Zahnheilkunde. Zwischendurch berichtete er, von seiner Frau unterstützt, über das fröhliche Studentenleben in Deutschland. Ja, er hatte in Kiel studiert, und gleichzeitig hatte Senta dort ihre Ausbildung als Diätküchenassistentin bekommen.

Ich wurde immer mehr fasziniert von den Erzählungen. Und als meine Behandlung zu Ende war – (ohne Rechnung) „Ich nehme doch kein Geld von der Tante meiner Frau!" sagte Rolf – stand mein Entschluß fest.

Ich würde weder Kunstreiterin noch Handarbeitslehrerin oder Friseuse werden.

Ich wollte Zahnheilkunde studieren! Ich wollte Zahnärztin werden! Und diesmal war ich sicher. Jetzt würde ich meine Zukunftspläne nicht mehr ändern!

„Das ist ja wunderbar, Heidilein", sagte Beate, als ich ihr meinen Plan mitgeteilt hatte. „Hoffentlich wirst du auf der zahnärztlichen Hochschule in Oslo aufgenommen, dann kannst du bei uns wohnen."

Natürlich wäre das praktisch. Sehr praktisch. Und schön für Vati, der dann viel billiger davonkommen würde. Er hatte schon sieben Kindern eine anständige Ausbildung verschafft, und in zwei Jahren würde er pensioniert werden, wenn er fünfundsechzig wurde. Dadurch würden seine Finanzen nicht gerade besser werden. Ja, ich mußte alles darauf setzen, ein wirklich gutes Abitur zu machen, denn sonst würde ich ganz bestimmt nicht aufgenommen werden. Die zahnärztliche Hochschule in Oslo hat viel zu wenig Plätze, das wußte ich. Es hat schon seinen Grund, daß so viele Norweger im Ausland studieren!

Aber – wenn ich nun nicht aufgenommen würde? Dann müßte ich ins Ausland – am liebsten nach Deutschland, so wie Rolf und Senta – es würde teurer werden, viel teurer, aber, aber . . . schön wär's!

Eines stand fest: In diesem letzten Schuljahr wollte ich mich ganz intensiv mit der deutschen Sprache beschäftigen! Die Sprachen waren sowieso mein größtes Interesse und waren die Fächer, bei denen ich immer am besten abschnitt. Oh, wie würde ich Deutsch büffeln und deutsche Bücher lesen!

Die Osterferien waren vorbei, und ich fuhr mit dem überfüllten Ferienheimkehrerzug zurück nach Tjeldsund – um eine Goldkrone und einen festen Zukunftsplan reicher geworden!

Geldsorgen

Als ich unzählige Grüße, Geschenke und Briefe von der ganzen Familie Rywig bei meinen Eltern abgegeben hatte und wir abends zur Ruhe gekommen waren, teilte ich ihnen meine Zukunftspläne mit.

Sie hörten mir aufmerksam zu, und Vati nickte.

„Ein schöner Beruf", sagte er. „Wir wollen uns die Sache durch den Kopf gehenlassen, Heidilein. Etwas Geld habe ich ja für deine Ausbildung zusammengespart, aber ob es reicht . . ."

„Ja, wenn du in Oslo studieren könntest", sagte Mutti. „Nun ja, mein Kind, wir werden sehen. Hoffentlich schaffen wir es irgendwie.

Du mußt eben sehr fleißig sein und gute Noten kriegen, mit anderen Worten, dein letztes Schuljahr richtig ausnutzen!"

Sie strich mir über die Wange mit ihrer etwas rauhen, etwas runzeligen Arbeitshand. Wie hatten die Hände ein Leben lang gearbeitet! Mutti war nicht mehr die jüngste. Sie war vierzig, als ich auf die Welt kam, in anderthalb Jahren würde sie sechzig werden. Ihre Haare, die nie eine Dauerwelle gekannt hatten, waren grau mit ein paar schneeweißen Streifen. Ihre Haut, die sie nie mit teuren Cremen oder Hautwässerchen gepflegt hatte, wies Fältchen an der Stirn, um den Mund und um die Augen auf. Aber ihre Gestalt war noch schlank und elastisch, und ihre Augen so jung wie immer, und mit demselben Ausdruck von unendlicher Güte.

Nachdem all meine Geschwister aus dem Haus waren, behauptete Mutti, daß sie beinahe arbeitslos geworden sei! Was war das doch für ein Kinderspiel, für nur drei Personen zu kochen, waschen und bügeln! Das Haus sauberzuhalten, wenn keine große Kinderschar mit dreckigen Schuhen und Spielzeug und Sportsachen die Fußböden schmutzig machte, war doch kein Problem. Sie fühle sich wie ein „Luxusweib", wie sie oft behauptete. Allerdings wußte ich nicht, daß ein Luxusweib in der Einmachzeit von morgens bis abends in Rauch und Dampf in der Küche steht, oder oft bis spät abends an der Nähmaschine sitzt, um alte Kleidungsstücke zu flicken oder umzuarbeiten, damit sie noch ein Jahr halten können!

Daß Mutti eine ganze Reihe von Enkelkindern mit handgestrickten Pullis, Jacken und Socken versorgt, sei nur nebenbei erwähnt. Das Stricken sei doch keine Arbeit, behauptete sie, sondern eine nette Freizeitbeschäftigung!

So ist meine Mutti.

Und Vati – ja von ihm wäre eigentlich nur zu sagen, daß er ganz und gar zu Mutti paßt!

Was die beiden uns Kindern gegeben haben, läßt sich gar nicht aufzählen. Aber vielleicht kann ich es zu einer einzigen, großen Tatsache zusammenfassen: Sie haben uns ein unsagbar harmonisches, glückliches Elternhaus gegeben. Sie haben für uns Kinder immer Zeit gehabt, haben unsere Fragen beantwortet, uns gute Ratschläge gegeben, uns zugehört, wenn wir Sorgen und Probleme hatten. Kurz gesagt, sie waren immer für uns da!

Dieses sonnige Glück hat Beate mit sich gebracht, in ihr eigenes Heim, zu ihrer großen Familie. Deswegen lieben ihre vier Stiefkinder sie abgöttisch, und ihr Mann – na, von dem braucht man überhaupt nicht zu reden!

Mutti machte noch einmal ihren alten Wintermantel zurecht. Ein neuer wäre längst fällig, aber Mutti lächelte nur: „Ach, laß man, ein Jahr hält er noch!"

Vati gab Nachhilfestunden. Eigentlich hatte er damit aufgehört, aber jetzt nahm er wieder ein paar hilfsbedürftige Schüler an.

Unser Sonntagskuchen wurde mit drei Eiern statt mit fünf gebacken. Als es im Herbst kalt wurde, wurde im Eßzimmer nicht geheizt. Wir aßen in der Küche, sonntags am Ecktisch im Wohnzimmer.

Kurz gesagt: Es wurde gespart. Niemand beklagte sich, meine Eltern verloren kein Wort darüber, warum so eisern gespart wurde. Ich wußte es schon: Sie hatten alles darauf gesetzt, dem Nesthäkchen das teure Studium zu ermöglichen!

Das bescheidene Leben und das dauernde Sparen war mir nichts Neues. Aber diesmal empfand ich bewußt, und allmählich meldete sich mein Gewissen, immer deutlicher und aufdringlicher, bis ich eines Tages platzte.

„Ach, Mutti", sagte ich, während ich ihr beim Abwasch mit dem Abtrocknen half. „Laß doch das olle Sparen! Kauf dir endlich den Wintermantel, dann machen wir es mit meinem Studium anders. Wenn ich das Abitur unter Dach und Fach habe, muß ich eben zusehen, daß ich eine bezahlte Arbeit finde, und dann werde ich selbst das Geld, jedenfalls für ein paar Semester zusammenkratzen!"

„Sag mal", antwortete Mutti mit einem kleinen Lächeln, „glaubst du vielleicht, daß es ein Opfer ist, wenn wir dir so gern das Studium ermöglichen wollen? Fällt es dir nie ein, daß es für Eltern ein ganz großes Glück ist, einem Kind eine gute Ausbildung zu verschaffen?"

„Ich höre immer ‚einem'! Ich bin das achte Kind, verehrte Frau Hettring! Übrigens ist es mir schleierhaft, warum du mich überhaupt auf die Welt gebracht hast! Du müßtest doch mit sieben reichlich genug haben! Ja, verstehe mich bitte richtig, ich bin schon heilfroh, daß ich nun einmal da bin – aber ich war wohl eigentlich ein Druckfehler, nicht war?"

„Liebe Tochter", sprach Mutti feierlich. „Du warst kein Druckfehler, wie du dich auszudrücken beliebst. Du warst ein Wunschkind, das achte Wunschkind, daß du es weißt! Und wenn du noch einmal so einen Unsinn andeutest, dann vergesse ich dein ehrwürdiges Alter und lege dich übers Knie, wie ich es nicht getan habe, seit du sechs Jahre alt warst!"

„Sieben", korrigierte ich. „Ich war im ersten Schuljahr und hatte der Lehrerin die Zunge rausgestreckt!"

„Ach ja, richtig!" lächelte Mutti. „Dann mußt du mir allerdings versprechen, daß du das deinen Professoren gegenüber unterläßt!"

Dann kam der Tag, an dem ich in der Oberprima war. Den Sommer hatte ich bei Beate verbracht, hatte ihr im Haushalt geholfen und sogar ein kleines Gehalt bekommen. Das Geld wurde auf das Sparbuch eingezahlt, das Vati für mich angelegt hatte.

Wie gern hätte ich mehr Geld verdient, aber das konnte ich nun nicht! Die Schule nahm mich ganz und gar in Anspruch. Mutti behauptete auch, daß sie ohne meine Hilfe im Haushalt sehr gut zurechtkomme, ich solle schön deutsche Grammatik pauken – für den Fall, daß ich in Deutschland studieren würde – und mich um die

Mathematik kümmern, die leider viel zu oft meine Gesamtjahresnote von einem „Ausgezeichnet" auf ein „Sehr gut" runtergedrückt hatte. Und ich wußte ja, daß es hoffnungslos sein würde, an der zahnärztlichen Hochschule in Oslo aufgenommen zu werden, wenn man nicht ein „Ausgezeichnet" hatte.

Also büffelte ich! Manchmal dachte ich an die vielen tausend Kronen, die mein Studium kosten würde, und hatte dabei wirklich ein schlechtes Gewissen, aber wenn Mutti und Vati es wollten . . .

Sie hatten es ja auch meinem Bruder Nico ermöglicht, Tierarzt zu werden, und Jan war Diplomingenieur. Jens und Rolf waren beide Lehrer geworden, und Olav besuchte die Handelshochschule in Bergen. Meine Schwester Edith war Handarbeitslehrerin, bis sie vor einigen Jahren heiratete.

Meine Brüder hatten allerdings tapfer mitgearbeitet. Sie hatten in allen Semesterferien gutbezahlte Ferienjobs gehabt und selbst einen Teil ihrer Ausbildung bezahlt. Nun, vielleicht könnte ich es auch tun. Hauptsache war, daß ich genug Geld für die ersten zwei, drei Semester hatte.

Die Wochen und Monate rannten nur so dahin. Von Oslo kamen die Lichtpunkte unseres Alltagslebens, die regelmäßigen Briefe von Beate. Sie hatte immer etwas zu erzählen. Anfang September hatte Senta einen Sohn bekommen – an dem Tag rief übrigens Beate an. Ich war am Apparat, und als Beate meine Stimme hörte, rief sie: „Heidilein, du bist Großtante! Ich habe einen Enkel!"

Ich gab die freudige Nachricht an meine Eltern weiter: „Liebe Eltern, ihr seid Uroma und Uropa geworden!"

Natürlich gab es Gelächter, aber es ist eine Tatsache, daß wir wirklich Beates Stiefkinder als unsere eigenen Blutsverwandten betrachten. Wir haben sie furchtbar gern, und nehmen lebhaften Anteil an allem, was sie betrifft. Daß Mutti für Sentas Kind schon etliche Strampelhöschen und Jäckchen gestrickt hatte, war selbstverständlich. – Wir freuten uns auch riesig mit und für Sonja, als sie in diesem Herbst zusammen mit ihrer Brötchengeberin, Lady Robinson, eine Australienreise machen durfte. Wir waren ganz aufgeregt, als sie uns schrieb, ihr Heiko sei dazu auserwählt, Lady Robinsons Nachfolger als Verwalter der Mary-Green-Stiftung zu werden.

„Dann haben wir sie Gott sei Dank in der Nähe“, war Beates Kommentar. „Im Vergleich mit Afrika liegt ja England sozusagen um die nächste Ecke!“

Ja, wir lebten mit in allem, was die Familie Rywig betraf. Bei uns, in unserer ruhigen kleinen Stadt, passierte nicht viel.

Bei der Vorprüfung vor Weihnachten war ich, bis auf die verflixte Mathematik, die beste meiner Klasse. Mein Deutschlehrer kam aus dem wohlwollenden Nicken gar nicht heraus, wenn ich aufgerufen wurde!

Ich bat Senta, ihre Briefe an mich in deutsch zu schreiben – sie spricht es ja fließend – und ich antwortete in deutsch. Ich las deutsche Belletristik und lernte gutes Hochdeutsch. Durch Sentas Briefe lernte ich, was nicht im Wörterbuch steht. Ausdrücke, wie „Halt dich nun senkrecht, altes Haus“ – „Du heiliger Strohsack“ – „Ich muß mich auf die Socken machen“ – „Mein Göttergatte, der olle Quengelpott, stört mich schon wieder“ – und ähnliche Ausdrücke waren mir bald geläufig!

Es war gut so. Denn als das Schuljahr zu Ende war, geschah das, was ich befürchtet hatte: Meine Mathematiknote zerstörte mir die erhoffte „Ausgezeichnet“-Gesamtnote, und ich wußte, daß ich an der zahnärztlichen Hochschule in Oslo nicht aufgenommen werden würde.

Also schrieb ich einen außerordentlich höflichen und korrekten Brief an die Universität in Kiel, drückte die Daumen und betete an den mir unbekannten Schutzheiligen der Zahnmedizin.

Ein Brief an Senta

„Aber Kind", sagte Mutti. „Du hast so fleißig gearbeitet dieses Jahr. Willst du nicht ein paar Wochen ausspannen, ganz einfach faulenzen? Du weißt ja, wie schön es auch bei Beate ist, zur Ruhe kommst du nicht bei ihr! Das große Haus, die vielen Menschen, vor allem meine beiden echten, nicht angenommenen Enkelkinder – willst du dich wirklich kopfüber in die Arbeit stürzen?"

Der Anlaß zu diesem Stoßseufzer war ein Brief von Beate, wo sie fragte, ob ich den Sommer bei ihr bleiben wollte, und so wie im vorigen Jahr, etwas im Haushalt helfen.

„Worauf du dich verlassen kannst!" war meine Antwort an Mutti. „Ich wüßte nichts, was ich lieber täte! Du weißt doch, wie gern ich bei Beate bin. Außerdem habe ich eine Million Dinge, die ich mit Rolf und Senta besprechen möchte und zwei Millionen Fragen zu stellen! Und du weißt sehr gut, daß Beate aufpaßt, ich werde mich nicht bei ihr überanstrengen!"

Also packte ich meinen Koffer und fuhr nach Oslo. Diesmal war es Hans Jörgen, der mich vom Zug abholte. Als Anerkennung für ein glänzendes Abitur hatte er den Führerschein machen dürfen und fuhr mich nun, gebläht vor Stolz, in Onkel Doktors großem, schönem Wagen aus der Stadt raus, zu dem idyllischen Vorort, wo Stefan und Annette vor dem Tor des Rywighauses warteten. Sie fragten schon, bevor Hans Jörgen meinen Koffer aus dem Gepäckraum geholt hatte, ob ich „was Schönes von Oma" mitgebracht hätte, und sie klebten wie zwei Kletten an meiner Seite, bis Stefan seinen von Oma gestrickten Pulli und Annette die von Oma genähten Puppenkleider und die Familie den von Oma gebackenen Kuchen bekommen hatten.

„Es ist so schön, wieder bei euch zu sein", sagte ich, als Beate und ich bei einer Tasse Tee saßen. „Es ist mein Glück, daß ihr im Sommer immer zu Hause seid!"

„Was bleibt uns sonst übrig", lächelte Beate. Ich nickte, denn ich wußte ja Bescheid. Erstens war es sehr schwer für Onkel Doktor einen Vertreter in den Sommermonaten zu kriegen, deswegen machte er mit Beate entweder im Winter oder im Frühjahr Urlaub. Und Senta kümmerte sich um die beiden Kleinen. Zweitens sagte Beate: „Es wäre doch zu schade, das Haus und den Garten gerade im Sommer zu verlassen, wo es am schönsten hier ist!"

Da hatte sie recht. Unter ihren fleißigen Händen war aus dem Garten ein wahres Blumenmeer geworden. Hans Jörgen hatte einen kleinen Gemüsegarten angelegt, und Onkel Doktor hatte voriges Jahr ganz was Schönes spendiert – ein Schwimmbecken hinter dem Haus! Ich konnte sehr gut verstehen, daß meine liebe Familie im Sommer zu Hause bleiben wollte! Die beiden Kleinen lehnten es auch energisch ab, in eine Ferienkolonie oder eine Kinderpension zu fahren. Sie wollten bei Mutti und Vati bleiben, im Swimming-pool baden und die sonntäglichen Autoausflüge mitmachen!

Ich vermißte Bernt und Katrin. Bernt absolvierte als junger Arzt ein Pflichtjahr in Nord-Norwegen – nördlich des „Moralkreises", wie sein Bruder Hans Jörgen es ausdrückte –, und ihre kleine Wohnung in der Unteretage wurde von Beate als Plättzimmer und von den Kleinen als Spielzimmer benutzt.

Ich war viel allein mit Beate, in der Zeit, die jetzt folgte. Stefan und Annette waren den ganzen Tag weg, sie spielten im eigenen Garten oder in den Gärten ihrer unzähligen Freunde und Freundinnen und tauchten erst zu den Mahlzeiten auf – zerzaust, dreckig und hungrig. Onkel Doktor erschien zur selben Zeit, genauso hungrig, wenn auch nicht dreckig, und Hans Jörgen kam außer Atem von irgendeinem Ausflug zusammen mit Lieselotte Erlestad vom Nachbarhaus.

„Er hat sich anscheinend endgültig für Lieselotte entschieden", äußerte ich, als er eines Tages wieder verschwunden war. „In unserer Kindheit wurde er doch immer zwischen Lieselotte und mir hin und her gerissen, er war sagenhaft untreu!"

Beate lächelte.

„Ja, ich glaube, du mußt dich damit abfinden", meinte sie. „Es würde mich nicht wundern, falls die beiden eines Tages mitteilten, sie hätten sich verlobt!"

„Welch Glück, daß er Lieselotte gewählt hat!" sagte ich. „Sich denken, er hätte sich mit mir verlobt – das würde unsere komplizierten Familienverhältnisse vollkommen undurchsichtig machen! Es ist schlimm genug, wenn ein Mann seine Nichte heiratet, so was soll ja vorkommen – aber wenn eine Frau ihren Neffen heiratet, dann hört doch alles auf!"

„Himmel!" rief Beate. „Sich vorstellen, meine Schwester würde meine Schwiegertochter sein, und meine Neffen und Nichten meine Enkelkinder!"

„Und dein Sohn gleichzeitig dein Schwager!" ergänzte ich.

Aber, wie gesagt, die Gefahr bestand zum Glück nicht. Ich war auch nie in Hans Jörgen verliebt gewesen. Überhaupt, so richtig verliebt – nein, das Erlebnis stand mir noch bevor.

Und das mit Verloben und Heiraten, das würde ich mir hundertmal überlegen. Dann müßte ich einen Mann so lieben wie Mutti meinen Vati liebte – oder wie Beate Onkel Doktor liebte. Und es müßte gegenseitig sein.

Und ein solches Glück hängt nicht an den Bäumen.

Es kamen Briefe von Sonja, mit Fotos von ihrem neuen Heim in England. Das Pförtnerhäuschen auf dem großen Grundstück der Mary-Green-Stiftung, einige Kilometer von London, war für sie und Heiko reizend zurechtgemacht. Nach den Bildern zu beurteilen, mußte es urgemütlich sein. Auf ein paar Aufnahmen war Sonja auch zu sehen, in einem weiten Umstandskleid, in glücklicher Erwartung. Im September sollte ihr Kind geboren werden.

„Fährst du dann rüber zu ihr, Beate?" fragte ich. Beate und ich standen in der Küche, von lauter Himbeeren umgeben, mit Waage und Zuckertüten und Einmachgläsern vor uns. „Die Himbeeren müssen gepflückt werden in der Sekunde wo sie reif sind, sonst verschwinden sie in die Mäulchen meiner beiden Jüngsten", hatte Beate gesagt, klug aus bitterer Erfahrung. Also machten wir jetzt Himbeermarmelade.

„Ich möchte schon", sagte Beate. „Es kommt darauf an . . ."

". . . ob ich mich um deine Familie kümmern will", ergänzte ich. „Ja, wenn ich in Kiel aufgenommen werde, dann bleibe ich so lange wie ich kann, das Semester fängt ja erst Mitte Oktober an."

„Und wenn du nicht aufgenommen wirst?"

„Ja, dann muß ich zusehen, daß ich so bald wie möglich zum Geldverdienen komme, und versuchen, fürs nächste Semester einen neuen Antrag zu stellen", meinte ich. „Für Vati wäre das ja ganz gut, ich meine, wenn ich selbst etwas zu meinen Studien beitragen könnte – es wird alles so verflixt teuer. Mir wird's schwindlich, wenn ich daran denke!"

„Wenn wir dir bloß helfen könnten, Heidilein", seufzte Beate. „Aber du weißt – Hans Jörgen kommt auf die technische Hochschule, und Gerhard hat teure Ausbildungsversicherungen für unsere beiden kleinen Räuber abgeschlossen."

„Um Gottes willen, Beate, das wäre ja noch schöner! Ihr tut sowieso allzuviel für mich! Wer weiß, vielleicht werde ich gar nicht aufgenom . . . ach, das ist die Post, ich laufe schon!"

Es hatte geklingelt. Mit meinen himbeerroten Fingern fischte ich einen Brief aus dem Briefkasten.

Er war für mich. Aus Deutschland.

Mit zitternden Fingern machte ich ihn auf.

„Beate!"

„Was hast du?“ Beate erschien in der Küchentür.

„Einen Brief! Beate, ich bin an der Universität in Kiel aufgenommen!“

Alles in meinem Kopf war ein wildes Durcheinander vor Aufregung und Freude, Sorgen und Beklemmung. Es war teuer, in Deutschland zu leben, das wußte ich – Miete, Essen, Fahrgeld und was man so braucht, auch wenn man genügsam ist. Jedesmal wenn ich hundert Mark brauchte, mußte Vati zweihundertzwanzig Kronen zahlen. Und wie weit kommt man mit hundert Mark? Rolf hatte vierhundert pro Monat verbraucht, hatte er mir erzählt. Aber sein Vater ist wohlhabend. Vielleicht könnte ich es mit dreihundert schaffen. Das wäre immerhin über sechshundertsechzig Kronen – und das jeden Monat.

Ein Auto hielt vor dem Gartentor und riß mich aus meinen Überlegungen raus. Es war Rolfs Wagen mit Senta am Steuer und Klein Gerhard in seiner Baby-Tragetasche auf dem Rücksitz.

Ich lief ihr – noch himbeerbefleckt – entgegen.

„Nanu, Senta, am hellichten Vormittag, ich denke, du stehst in deiner Küche beim Mittagkochen?“

„Ich pfeife auf das Mittagessen – grüß Gott, Beatemutti!“ – es folgte ein schnelles Küßchen, das Beates Nasenspitze traf – „bei uns gibt es heute Dosenfraß, und du gibst mir ein paar Himbeeren als Nachtisch mit.“

„Ach, tu ich das?“

„Klar tust du das, Muttilein. Ich *mußte* schnell rüberkommen, ich habe doch einen so aufregenden Brief . . .“

„Ich auch“, unterbrach ich. „Ich bin in Kiel aufgenommen!“

„Prima, gratuliere! Aber hört mal – ja ich lese euch alles vor, er ist von Sonja“ – ein schon etwas zerknitterter Brief kam aus Sentas Tasche zum Vorschein, sie sank auf einen Küchenhocker nieder und las uns vor.

Sonja erzählte, daß ihr Heiko im August zusammen mit seiner Chefin, Lady Robinson, schnell nach West-Afrika mußte. Selbst konnte sie aus guten Gründen nicht mit, sie würde dann im achten Monat sein. Nun fragte sie, ob Senta nicht zu ihr rüberkommen könne, sie würde sich so furchtbar allein fühlen.

„Und ich soll dein Engelskind hüten?" schmunzelte Beate. „Oder nimmst du es mit?"

„Nee – ich dachte eigentlich, da ja Heidi hier ist, und ..."

„... und da wir, wie du siehst, gar nichts anderes zu tun haben – im August haben wir die Äpfel und Birnen, die Bohnen und die Johannisbeeren! – Na, bring nur deinen Sprößling, wir werden es wohl schaffen, oder was meinst du, Heidilein?"

„Na klar!" sagte ich. „Aber dies kann ja gut werden, du fährst im August und Beate im September – ob ich wohl überhaupt dazu komme, meine Studien in Kiel anzufangen?"

„Ach richtig, ich habe ja einen Brief aus Kiel, den habe ich noch nicht gelesen, ich ergriff bloß meinen Sohn und klaute den Wagen um schnellstens herzukommen – ach, Täntchen, mein Sohn ist hungrig, gib ihm doch den Karottenbrei aus dem Glas da, ein Sabberlätzchen liegt unter dem Kopfkissen – ich muß mal schnell sehen, was die gute Tante Christiane schreibt, ich habe ewig nichts von ihr gehört!"

Die gute Tante Christiane

Natürlich wußte ich, wer „Tante Christiane" war.

Sie war Sentas ehemalige „Gnädige" – Frau Christiane von Waldenburg, bei der Senta als Haustochter gearbeitet hatte, bevor sie an die Kieler Universitätsklinik in die Diätküche kam. Aus dem „Haustochter-Gnädige-Verhältnis" war nicht viel übriggeblieben.

Daraus war eine herzliche Freundschaft geworden. Nachdem Senta geheiratet hatte und ihre Ausbildung vollendete, während ihr Mann den Doktor machte, war sie oft zu Gast bei Frau von Waldenburg gewesen, und sie hatte mir von den urgemütlichen Donnerstagabenden erzählt.

Damals kamen jeden Donnerstag drei junge Studentinnen – Frau von Waldenburgs Patentochter mit zwei Freundinnen – zu einem feudalen Essen, das sie „am Leben hielt bis zum nächsten Donnerstag", wie Senta sich ausgedrückt hatte.

Sonst wußte ich von Frau von Waldenburg, daß sie zwei Hausgenossinnen hatte: ihre Kusine, Studienrätin Frau Isa Neuberger, und dann das Wesentlichste und Wichtigste: die Hündin Bicky, ein kleiner Pudelmischling, der sich der Tatsache rühmen konnte, der verwöhnteste Hund in Deutschland zu sein.

„Mensch!" rief Senta ohne die Augen vom Brief zu nehmen. Und gleich nachher: „Jetzt schlägt's aber dreizehn!" (das kam alles auf deutsch, ich habe mir die Ausdrücke genauestens gemerkt) und dann zuletzt: „Jetzt werd ich aber postwendend verrückt!"

So sah sie auch aus. Als sie den Brief gelesen hatte, starrte sie mich mit kugelrunden Augen an.

„Heidi . . . du mußt . . . du kannst . . . kannst du dir denken . . . ach was, lies den Brief selbst, in diesem Fall muß ich meine Prinzipchen brechen, sonst zeige ich nie einer dritten Person einen Privatbrief. Dies ist aber die große Ausnahme! Lies, aber halt dich fest, daß du nicht vom Hocker runterpurzelst!"

Jetzt war ich heilfroh, daß ich so viel Deutsch gelesen und schon einen ziemlich großen Wortschatz hatte.

Ich las.

Nach einer Minute war ich so in den Brief vertieft, daß ich gar nicht merkte, daß Beate mit Tochter und Enkelchen und einer Teekanne sich ins Wohnzimmer zurückgezogen hatte. Denn was in dem Brief stand . . .

Meine liebe Senta,

es ist eine Ewigkeit her seit ich Dir geschrieben habe, und ich habe ein ganz schlechtes Gewissen. Der Himmel weiß, ob ich heut zum Schreiben gekommen wäre, falls ich nicht einen ganz akuten Grund gehabt hätte. Mir ist nämlich eine Idee gekommen, die Idee meines Lebens!

Sag, Sentalein, kennst Du zufällig irgendein norwegisches Mädchen... ach, Quatsch, so geht nicht, ich muß ja die Vorgeschichte erzählen, und dabei furchtbar weit ausholen! Also, als Dein lieber Brief mit den süßen Bildchen von Deinem Sprößling ankam - innigen Dank, Dein Sohn ist zum Fressen! - konnte ich nicht schreiben, ich hatte mehr um die Ohren als jemals in meinem Leben. Nämlich - halt Dich fest! Ich habe ein Haus gekauft! Ein urkomisches altes Haus, ein Überbleibsel der Jahrhundertwende, aber schrecklich gemütlich. Es hat unmotivierte Treppen, Nischen wo man es gar nicht erwartet, Türen wo logischerweise keine Türen sein sollten, "durch Sprossenbildung gewachsen" sagte der Verkäufer. Er ist ein kinderreicher Vater, der bei jedem neuen Sprößling mehr Raum verschaffen mußte, neue Wände einbauen, aus Abstellkammern Schlafkabäuschen machen, im Keller ein großes Spielzimmer einrichten, usw. Nun sind die vielen Kinder erwachsen und ausgeflogen, der Kinderreiche mit Frau sehnte sich nach einer kleinen, modernen Wohnung - und so kam es also. Ich habe mich in das ulkige Haus restlos verliebt, und dann liegt es in einer herrlich ruhigen Gegend, natürlich viel zu weit vom Kaufmann entfernt, aber ich habe ja mein Autochen. Und das Allerschönste: Einen großen Garten gibt es, wo Bicky rumtoben kann, was sie sichtlich genießt! Nur gehen unsere Meinungen in einem Punkt auseinander, nämlich was Jagd auf Wildkaninchen betrifft. Derer gibt es zu Hunderten in der Gegend, und Bickys fünfzig Prozent Terrierblut machen sich stark geltend.

Na, über das Haus erzähle ich ein andermal mehr - oder Du kommst bei der ersten Gelegenheit und guckst es Dir an, Du ahnst ja nicht, was ich alles an Fremdenzimmern und Gästebetten aufweisen kann!
Vor zwei Monaten sind wir dann eingezogen, Isa und Bicky und ich, Isa war genauso begeistert wie ich. Wir fingen gleich an, aus dem großen Spielzimmer unten einen urgemütlichen Partyraum zu machen, alles war in Butter - dann fiel die Bombe, es war Isa die sie fallen ließ. Weißt Du was dieses Biest, dieser gemeine Mensch, dieser Quadrattrottel gemacht hat?? Sie hat sich verlobt!! Mit fünfundvierzig Jahren! Sie hat leider Gottes einen Jugendfreund wiedergetroffen. Und eine alte Flamme, die sie eigentlich totglaubte, fing an zu lodern, jetzt brennt sie lichterloh und die beiden heiraten in drei Wochen! Ich könnte sie mit meinen eigenen Händen erdrosseln. Was natürlich Quatsch ist. Ich mag den Mann sehr gern, und ich gönne ihnen so herzlich ihr Glück.

Aber in drei Wochen werden also Bicky und ich allein hier rumsitzen und Trübsal blasen. Ich habe nicht einmal meine Donnerstagsmädchen, die sind fertige Ärztinnen und verheiratet - ja, Anke auch, sie hat einen Kollegen in München geheiratet, wußtest Du das? - Also, ich fühlte mich so ziemlich knockout und dachte mit Schrecken daran, ganz allein in diesem, eigentlich zu großen Haus zu sitzen, bis mir ganz plötzlich eine Idee kam - noch einen Augenblick, Sentalein, gleich kommst Du ins Bild.

Also, - jetzt muß ich mich kurz fassen, sonst komme ich gar nicht zur Sache - meine Schwiegertochter (von der ich herzlich grüßen soll, sie spricht oft von Dir) hat seit einigen Monaten ein französisches Au-pair-Mädchen. Ein recht nettes, fröhliches kleines Wesen, ich habe sie ja öfters getroffen und mag sie sehr gern. Nun ist eigentlich ihre Zeit auf dem Gut um, sie sollte wohl nach dem Plan zurück nach Frankreich, aber sie will nicht! Sie hat verraten, daß sie so gern in Deutschland studieren möchte, und zwar hat sie den Wunschtraum, Dolmetscherin zu werden. Mit anderen Worten, vorläufig, jedenfalls ein Jahr, meine Muttersprache besser zu lernen als sie es jetzt kann, obwohl sie schon ganz gut damit zurechtkommt (daß sie manchmal "eine albe Liter Milch" sagt, oder meinen Enkel Hartmut "Artmüt" nennt, ist ja unwesentlich).

Nun, dann ist meiner genialen Schwiegertochter der Gedanke gekommen, die kleine Denise könnte doch eigentlich bei mir wohnen, dann wäre ich nicht allein im Haus, und ich würde keinen Wucherpreis für eins meiner vielen Zimmer verlangen. Denise hat etwas Geld zusammengespart, mit alleräußerster Vorsicht wird es für ein paar Semester reichen.
Natürlich habe ich zugesagt. Es ist ja wunderbar, daß ich einem jungen, lernfreudigen Mädchen dadurch helfen kann, daß ich ihm ein Dach überm Kopf verschaffe, und dafür sorge, daß sie jeden Tag satt wird.

Und dann kam mir, mitten in der Nacht, ein so guter Gedanke, daß ich nun alles stehen und liegen lasse und diesen Brief schreibe.

Warum nur ein Mädchen? Ich habe doch so viel Raum, und ich habe so viel Zeit, und ich liebe es, junge Menschen um mich zu haben, und es sind bestimmt viele Mädchen, die knapp bei Kasse sind und sich durch die Studienzeit durchkämpfen und auf furchtbar viel verzichten müssen. Ich kann glatt drei Mädchen aufnehmen, und ich möchte es tun!

Noch etwas: Ich hätte so gern drei Mädchen verschiedener Nationalität. Du kennst ja dieses Steckenpferd bei mir: Junge Menschen aus verschiedenen Ländern zusammenzubringen, ihnen helfen, quer über Landesgrenzen und Sprachschwierigkeiten sich menschlich näherzukommen, Freundschaft zu schließen, den künstlichen Haß, der von Kriegen und doofen Politikern erzeugt wird, zu vergessen, Respekt vor der Lebenseinstellung, der Religion und der Rasse anderer Menschen zu bekommen.

So, und nun kommt es endlich.

Sentachen, kennst Du zufällig irgendein junges norwegisches Mädchen, das vorhat, zu studieren, das gern in Kiel studieren möchte, dem es finanziell nicht allzu rosig geht - mit anderen Worten: Kennst Du eine junge Norwegerin die Hilfe braucht, um durch die Studienzeit durchzukommen?

Natürlich stelle ich ein paar Bedingungen: Es muß ein ehrlicher Mensch sein, also keiner der mein Silber klaut oder so was. Es soll jemand sein, der wirklich arbeiten will, jemand dem viel daran liegt, studieren zu können. Und dann muß es ein Mädchen sein, das nicht in Ohnmacht fällt falls Bicky ihr auf den Schoß springt, und keine Zustände kriegt, weil das liebe Tier während der Mahlzeiten neben meinem Stuhl steht und seine Zuteilung bekommt.

Wenn dann das Mädchen auch etwas Humor hätte, wäre es schön, aber das ist natürlich keine Bedingung.
So ein Mädchen kriegt dann bei mir ein nettes Zimmer, ein gutes Bett, einen brauchbaren Arbeitstisch, Wäsche, Heizung, Badegelegenheit und drei solide Mahlzeiten pro Tag. Es wird nicht immer "Donnerstagsessen" geben, so wie Du es kennst, es wird nichts mit Mokkaeis, Omelette Surprise, teuren Steaks und solchen Sachen. Es wird ein gutes, nahrhaftes, mit Liebe gekochtes Alltagsessen geben. Dafür zahlt jedes Mädchen pro Monat hundert Mark. Damit komme ich hoffentlich aus - Du weißt, ich kriege Kartoffeln, Gemüse und Eier vom Gut, mein Sohn ist in diesem Punkt vorbildlich - und Zimmer mit Heizung

usw. kriegen sie umsonst. Das ist mein Beitrag dazu, daß drei junge Mädchen ihre Studien durchführen können.

Die "Dritte im Bunde" wird wahrscheinlich eine junge Deutsche. Meine Patentochter Jessica - Du hast sie doch bei mir getroffen -, kennt ein sehr hilfsbedürftiges Mädchen aus ihrem Heimatdorf... oder vielleicht war es vom Nachbardorf, "ischa ooch ejal" wie mein Sohn immer sagt... sie hat ihr schon geschrieben und ich kriege bestimmt bald Nachricht.

Weißt Du, ich bin von dieser Idee ganz besessen, in Gedanken mache ich schon Wochenmenüs, und ich fange heut an, aus all den Falläpfeln im Garten Apfelmus für den Winter zu kochen. Sentachen, ich hoffe, daß Du mir helfen kannst, ich möchte so furchtbar gern diese Idee verwirklichen. Sich denken, wieder Jugend im Haus zu haben! Jemanden der mich braucht! Junge Menschen die ich betreuen dürfte! Ich bin nicht alt genug, um dazusitzen und Daumen zu drehen, ich muß eine Aufgabe haben. Also, Kind, schreibst Du mir bald?

Ich habe schon einen Muskelkater im Arm von all diesem Geschreibsel. Außerdem hat Bicky wiederholt versucht, mir klarzumachen, daß unsere Spielstunde fällig ist. Neben meinem Stuhl liegt alles was sie herangeschleppt hat: Zwei Bälle, ein Stück Holz, ein Pantoffel, ein Lederknochen, ein angenagter Apfel und eine arg mitgenommene Spielzeugmaus.

Also muß ich an meine wichtigste Tagespflicht!

Grüß Mann und Sohn und auch Deine Eltern unbekannterweise!

Die herzlichsten Grüße, Deine

Tante Christiane

Ich faltete den Brief mit zitternden Händen zusammen. Ich blieb auf meinem Küchenhocker sitzen, ich mußte das alles in mich aufnehmen – es war zu überwältigend.

Senta kam an die Tür.

„Na, bist du in Ohnmacht gefal ... Mensch, du heulst ja!"

Ich schluckte und putzte die Nase.

„Klar heule ich, was sollte ich sonst tun? Sentachen, ich bin ja so glücklich ... es ist so phantastisch ... wie ist es bloß möglich ... ich begreife nicht, daß es solche Menschen gibt!"

„Das tut es!" versicherte Senta. „Ich habe doch immer gesagt, daß Tante Christiane einmalig ist. Schreibst du ihr nun selbst oder soll ich?"

„Beide", schlug ich vor. „Denn all das Schöne, das über mich gesagt werden muß, daß ich ehrlich bin und Humor habe und eine Tierfreundin bin, und ein prächtiges Mädchen und fleißig und arbeitsfreudig und so was, das kann ich ja nicht selbst sagen."

„Du hast ‚bescheiden' vergessen", sagte Senta trocken. „Gut, ich schreibe, das heißt ... Mensch, wie spät ist es, ich muß ja nach Hause, schnell, pack mir die Himbeeren ein, damit ich einen Nachtisch habe, und klau ein Stück von dem Napfkuchen für unseren Nachmittagskaffee ... ich rufe schnell Tante Christiane an, her mit dem Brief, steht die Telefonnummer drauf, ach wie schön, sie hat ja noch die alte." Senta verschwand in das väterliche Arbeitszimmer, wo Beate sich auch befand. Von ihr bekam ich eine innige Glückwunschumarmung, während Senta zielbewußt zum Telefon schritt und eine ganze Menge Ziffern wählte.

„Tante Christiane! Hier ist Senta! Ja natürlich, deswegen rufe ich an! Neben mir steht das glücklichste Mädchen auf der Welt, nein sie kann nicht ans Telefon, sie heult dicke Tränen vor lauter Glück. Ja, ja, sie kommt, das kann ich dir flüstern, sie ist ja schon an der Kieler Universität aufgenommen ... Tante Christiane, du bist zu gut für diese Welt, du ahnst ja nicht ... sag doch Bicky, sie soll ihren Mund halten, warum kläfft sie schon wieder ... also, du hast eine ganze Familie beglückt ... meine Mutti grüßt dich tausendmal, sie steht auch hier und wischt sich die Augen – ach so, das Mädchen, ja sie heißt Heidi und sie klaut kein Silber und sie hat Humor und sie brennt darauf, ihr Studium anzufangen – i wo, von wegen Schulfreundin – sie ist meine Tante!"

Striche im Kalender

„Heidilein, guck mal hier! Dieser Pulli ist mir trotz Umsicht und Vorsicht eingegangen – ob du ihn tragen kannst? Ach, er sitzt ja großartig, du kannst ihn haben!"

Das war Beate.

„Du, Heidi, brauchst du zufällig ein Paar Sportschuhe? Es macht dir doch nichts aus, daß es Jungenschuhe sind? Sie sind mir zu klein, und für Stefan sind sie noch viel zu groß! Sie sind wasserdicht, und in Kiel soll es ja viel regnen!"

So sprach Hans Jörgen.

„Liebes Täntchen, wühl doch ein bißchen in meinem alten Kleiderschrank, da hängen noch ein paar Sachen aus meiner verflossenen Jugend, jedenfalls bestimmt eine brauchbare lange Hose. Bitte, bediene dich!"

Dies war aus einem Brief von Sonja.

„Mein liebes Mädchen, es ist ein Glück, daß die Jugend zur Zeit bunte Sachen trägt, diese Jacke habe ich aus lauter Resten gestrickt, aber sie sieht doch ganz lustig aus?"

So schrieb Mutti.

Dann kam Senta, eilig und vielbeschäftigt wie immer.

„Tantchen, komm und hilf mir – hier, nimm mir meinen Sohn ab, gib ihn Oma – du mußt mir tragen helfen! Ich habe zwei große

Kartons Bücher für dich von meinem Herrn und Gebieter, alles, was du für die ersten drei Semester brauchst."

„Heidilein, hier hast du etwas für die Reise. Ein bißchen Verbandzeug und ein paar Kopfschmerztabletten und etwas für die Verdauung, falls dir die Klimaänderung zu schaffen macht" – mit diesen Worten überreichte mir mein Schwager ein nettes kleines Medizinkästchen.

Sie waren alle rührend besorgt und hilfsbereit!

Stefan schenkte mir ein selbstgebasteltes Lesezeichen. „Damit du immer weißt, wo du in deinen Lehrbüchern weiterlesen mußt", erklärte er sorgfältig. Annette kam feierlich mit einem Päckchen in buntem Papier. Es war ein selbstgestrickter Staublappen, der mich ganz sentimental machte, die Ausführung erinnerte mich lebhaft an meinen schon erwähnten Topflappen im ersten Schuljahr. „Du mußt ja ab und zu in deinem Zimmer staubwischen", erklärte mir Annette und sah mich mit ihren blauen Guckerchen erwartungsvoll an, worauf ich ihr sowohl Umarmung als auch Küßchen zukommen ließ.

Dann fuhr Senta nach England, nachdem sie uns den Sprößling überlassen hatte, und sich noch einmal, nach dem Abschied, auf der Schwelle umgedreht hatte: „Ach ja, richtig, Rolf kommt montags und freitags her zum Essen, denn bei seinen Eltern gibt es montags gesalzenen Fisch und freitags Milchreis, und das mag er nicht!"

Also mußten wir montags Frikadellen und freitags Erbsensuppe mit Speck kochen!

Es gab genug im Haus zu tun. Die ganzen Augustäpfel waren an der Reihe. Wir kochten Apfelgelee und Apfelmus, dazwischen kamen Pflaumen und Birnen. Einmachgläser und Tiefkühlpakkungen entstanden unter Beates und meinen fleißigen Händen. Es wurde gewaschen, geplättet, gestopft und geflickt. Daß wir in dem Punkt nie arbeitslos wurden, dafür sorgte Stefan regelmäßig und getreu. Und dann hatten wir ja Klein Gerhard zu versorgen. In den wenigen Stunden, die übrigblieben, kümmerte Beate sich um ihre Reisevorbereitungen. Sie wollte am ersten September fahren, und Ermahnungen und Ratschläge prasselten nur so über meinen armen Kopf runter! Ich sollte ja die ganze Familie bekochen und pflegen, während Beate weg war!

Meine eigene Reise wurde sozusagen in den Hintergrund geschoben. Aber während ich wusch und kochte, wischte und plättete, lag es immer in meinem Unterbewußtsein: „Ich darf studieren! Ich fahre ins Ausland! Ich werde bei Sentas reizender Frau von Waldenburg wohnen!"

Ich freute mich wahnsinnig!

Auf meinen vorbildlich höflichen und dankbaren Brief – von Senta durchgesehen, damit die Dative und Akkusative nun auch richtig waren – kam ein entzückender Brief von Frau von Waldenburg. Sie freue sich darauf, eine „Tante" von ihrer lieben Senta zu beherbergen, und sie erzählte, daß die „Dritte im Bunde" ein deutsches Mädchen namens Xenia sein würde.

Wie mochte wohl ein Mädchen sein, das einen so seltenen Namen hatte, überlegte ich mir.

Ich war furchtbar gespannt auf die beiden Mädchen. Hoffentlich würden wir uns gut verstehen! Jedenfalls hatten wir zwei wesentliche Sachen gemeinsam: Wir waren knapp bei Kasse und kannten die Kunst des Sparens, und wir waren auf fleißiges Arbeiten und Studieren eingestellt.

Oh, das würde schon gutgehen!

Ich wusch und kochte weiter und machte Striche in den Kalender!

Senta kam zurück und fand ihren Sprößling bei bester Gesundheit vor, ebenso ihren Mann, der dank der Kochkünste seiner Mutter, Beate und meiner Wenigkeit drei Pfund zugenommen hatte. Sie erzählte weit und breit von Sonjas entzückendem Häuschen und von allen Vorbereitungen für das zu erwartende Baby. Lady Robinson hatte das süßeste Babykörbchen gestiftet, und Heiko hatte es noch geschafft, vor seiner Reise nach Westafrika, das Kinderzimmer eigenhändig zu tapezieren. Nun war er zusammen mit Lady Robinson zurück, und Senta wurde dann „in Gnade entlassen" wie sie sagte.

„Ich beneide dich, Beatemutti", seufzte sie. „Wie gern wäre ich dagewesen, wenn das Kind kommt!"

Sonja freute sich unsagbar auf Beate. „In solchen Stunden soll man seine Mutter bei sich haben", hatte sie gesagt, und niemand fand es merkwürdig, daß sie ihre zwölf Jahre ältere Stiefmutter so absolut als Mutter betrachtete.

Stefan nahm Beates Abreise männlich und beherrscht hin. Annette heulte dicke Tränen, genau wie ich es selbst gemacht hatte als ich klein war und Mutti zur Erholung mußte. Daß ich selbst an der Notwendigkeit dieser Erholung schuld war, wurde mir allerdings erst viel später klar.

Dann lag die ganze Verantwortung für das Wohlbefinden der Familie Rywig in meinen Händen. Aber Beate hatte gut vorgesorgt, und eigentlich ging alles recht reibungslos.

Ich mußte oft an Beate denken, die in ihrer frühen Jugend den elterlichen Haushalt für einige Wochen übernehmen mußte – einen Haushalt für neun Personen! In der Zeit war es, daß ihre Erziehungsmethoden sich sehr vereinfachten, daß meine Brüder kurzerhand an den Nacken gepackt und aus der Küche rausgeschmissen wurden, wenn sie sich als allzu tatkräftige Topfgucker betätigten, und daß ich zwischendurch mit einer abwaschnassen, aber sehr energischen schwesterlichen Hand eine hintendrauf geklebt bekam. An das letztere mußte ich denken, als Annettchen eines Tages dasselbe Schicksal widerfuhr. Diesmal war es aber *meine* Hand, die in Aktion trat, weil meine holde Nichte all die mühsam entkernten Pflaumen vernascht hatte, aus denen ich unseren Nachtisch machen wollte.

Plötzlich verstand ich Beate so gut und verzieh ihr in meinem Herzen jeden Klaps und jedes ungeduldige Wort!

Aber solche Ereignisse waren ja Kleinigkeiten, wir kamen schnell und lächelnd darüber hinweg und verstanden uns glänzend. So war es damals in Familie Hettring gewesen, und jetzt war es in Familie Rywig genauso.

Beate hatte geschrieben, sie sei gut angekommen, freue sich sehr über das Zusammensein mit Sonja und Heiko und habe die einmalige Lady Robinson kennengelernt.

Nun wartete alles nur auf den 8. September. So ungefähr um diesen Tag rum sollte das große Ereignis stattfinden.

Aber am sechsten, spätabends, als wir gerade dabei waren, gute Nacht zu sagen und uns zu Bett zu begeben, klingelte das Telefon. Onkel Doktor ging ran. Der Ärmste, dachte ich. Bestimmt ein Unfall, nun muß er los, um zu schienen, gipsen, verbinden, womöglich operieren! Wie gut, daß ich mich nicht für das Medizinstudium entschlossen habe!

„Doktor Rywig ... ach so, ja bitte ... Moment mal", er griff nach Block und Bleistift. „Ja ... ach du liebe Zeit ... jawohl", seine Hand flog übers Papier. „Ja, vielen Dank ... würden Sie bitte wiederholen ... danke schön!"

Er legte den Hörer auf und drehte sich um zu Hans Jörgen und mir.

„Nanu – Unfall?" fragte ich.

„Wie man's nimmt – hier – ihr könnt lesen ...", er reichte uns den Block.

„Heute gesunde Zwillinge, Helene 3000 Gramm, Beate 2900 stop Geburt normal stop Sonja wohlauf stop grüßt innigst stop ebenso Vati Heiko und Oma Beate."

„Mensch!" rief ich.

„Du irrst dich. Es sind *zwei* Menschen", korrigierte Hans Jörgen.

Onkel Doktor griff wieder zum Telefon.

„Wen rufst du mitten in der Nacht an?" fragte ich. „Weißt du, daß es bald Mitternacht ist?"

„Glaubst du, daß Senta mir jemals verzeihen würde, wenn sie nicht sofort benachrichtigt würde?" erwiderte Onkel Doktor und wählte mit einem etwas zitternden Finger die Nummer von Zahnarzt Rolf Skogstad.

„Zwei Mädchen!" kam es wie ein Seufzer von Hans Jörgen. „Also dasselbe Theater noch einmal!"

Es ist soweit

Ich stand auf dem oberen Deck des Schiffes und winkte. Da unten auf dem Kai konnte ich noch Beate sehen und Hans Jörgen, der uns gefahren hatte.

Der kleine Schlepper zog das Schiff und mich immer weiter weg, raus aus dem Hafenbecken. Jetzt konnte ich die Gesichter nicht mehr sehen.

Bis jetzt hatte eine ganze, große Familie mir geholfen, mir gute Ratschläge gegeben, lebhaft an meinen Angelegenheiten teilgenommen. Jetzt war ich allein. So schrecklich allein. Zum erstenmal in meinem Leben allein!

Wenn man sieben Geschwister hat und einen ganzen Haufen Nichten und Neffen, geschweige die Eltern, die immer für die Kinder da sind, dann hat man die erhabene Kunst des Alleinseins nicht gelernt. Was hatte Vati gesagt? Er hatte etwas von einem englischen Philosophen zitiert: „In unserer Zeit ist das Alleinsein entweder eine Strafe oder ein Luxus."

Bis jetzt war es für mich eher eine Strafe.

Aber – das Schiff war groß und schön, es gab so allerlei zu entdecken. Die gelbe Oktobersonne strahlte, und die Inseln mit all den kleinen bunten Hütten und Villen im Oslofjord waren so hübsch anzusehen.

Nur, daß ich keinen Menschen bei mir hatte, dem ich sagen konnte „ach, wie ist die Hütte dort niedlich" oder „sieh doch die elegante Villa dort, wem mag die gehören" oder so was.

Es wurde kühl. Hier ganz oben pfiff der Wind richtig um die Ohren. Besser runtergehen, eine Erkältung konnte ich sehr schlecht gebrauchen.

Kabine Nummer 42 – wo war sie nun gleich. Ich hatte doch vorhin meinen Koffer dort reingestellt, aber sich hier zurechtzufinden, wo alle Gänge gleich aussahen . . .

Ach ja doch, hier mußte es sein.

Ich machte die Tür mit der großen „42" auf. Da stand mein Koffer, und da stand eine Dame am Waschbecken und wusch sich die Hände. Sie drehte sich um, nickte und sagte „guten Tag". Auf deutsch.

Aha. Jetzt fing es an. Jetzt würde es sich zeigen, ob ich auf deutsch zurechtkam, wenn ich mußte! Wenn es nicht mehr ein Schulfach war, sondern meine einzige Möglichkeit, verstanden zu werden.

Die Dame trocknete sich die Hände.

„Sind Sie Norwegerin? Aber sie sprechen deutsch, ja?"

„Ja . . . ich werde es jedenfalls versuchen", sagte ich.

„Das werden Sie wohl oder übel tun müssen, denn nach drei Wochen in Norwegen kenne ich von Ihrer Muttersprache nur ‚skål' und ‚takk for maten'."

Ich mußte lachen. Senta hatte behauptet, daß diese beiden Ausdrücke – „Prost" und „danke fürs Essen" immer das erste ist, was Ausländer lernen! Ja, und gegebenenfalls „jeg elsker deg" – ich liebe dich – aber für *den* Ausdruck schien die Dame etwas zu alt zu sein!

„Na, wir werden uns hoffentlich vertragen, sollte ich schnarchen, dann schubsen Sie mich energisch und unsanft!"

Wie ich in der Oberkoje eine schnarchende Mitfahrerin in der Unterkoje schubsen sollte, war mir allerdings schleierhaft!

„Macht nichts“, erklärte ich. „Ich schlafe wie ein gesunder Säugling.“

„Sie sprechen ja ausgezeichnet deutsch!“ rief die Dame. „Waren Sie schon oft in Deutschland?“

Ich erzählte ihr, daß ich zum erstenmal hinführe, und daß ich in Kiel studieren würde, und daß ich mein Deutsch in der Schule gelernt habe.

So plauderten wir weiter. Sie war aufgeschlossen und plauderfreudig, erzählte, daß sie ihre Tochter besucht habe, die in Norwegen verheiratet sei. Weiter bekam ich zu wissen, daß sie in Hamburg wohne und Frau Segermann hieße.

„Ihren Namen weiß ich schon“, gestand sie lächelnd. „Ich habe indiskreterweise auf den Anhänger Ihres Koffers geguckt!“

Als Frau Segermann zum Essen ging, machte ich den geplanten Entdeckungsgang und kam aus dem Staunen gar nicht raus. Ich fuhr zum erstenmal in meinem Leben auf einem großen Schiff. So viele Räume, so lange Flure, so schöne Salons, und das alles auf der Touristenklasse! Wie fein würde es dann erst in der ersten Klasse sein!

Da waren Geschäfte, wo man zollfrei kaufen konnte – Silber, Emailschmuck, Stricksachen und viel, viel mehr. Schokolade, Spirituosen und Zigaretten gab es für kaum mehr als die Hälfte vom Ladenpreis zu Hause! Es kostete wirklich etwas Überwindung, nichts zu kaufen, und ich mußte zu mir selbst ganz streng sagen: „Dein Geld ist sehr genau berechnet, Heidi! Da ist gar nichts übrig für Schokolade oder Emailschmuck!“

Worauf ich mich wieder auf die Suche nach meiner Kabine begab. Dazu mußte ich eine Treppe tiefer. Dort hing ein großes Gemälde von unserem Kronprinzen, dessen Namen das Schiff trug.

In der Kabine packte ich meine Thermosflasche und meine Brote aus. Es würde mir nie im Traum einfallen in die Cafeteria zu gehen. Ich kannte es nicht anders. Nie war ich bei meinen Bahnreisen zwischen Tjeldsund und Oslo im Speisewagen gewesen. Ich hatte ein Butterbrotpaket, eine Thermosflasche und einen Apfel mit. Diesmal, wegen der Länge der Reise, zwei Butterbrotpakete und drei Äpfel!

Dann saß ich da und kaute Beates delikate Brote, und es war, als brächten sie den frischen Duft aus ihrer Küche mit. Ich sah Beate vor mir, wie sie dastand in ihrem blauen Hauskittel, ich sah die weiße Butterdose, den elektrischen Brotschneider, die durchsichtigen Plastikbehälter für den Aufschnitt. Ich sah ihre geschickten Hände, und ihr fröhliches Lächeln.

Dann gingen meine Gedanken weiter, nach Tjeldsund, zu Muttis Küche. Jetzt würde sie gerade beim Mittagkochen sein. Sie würde ihre kleinsten Kochtöpfe im Gebrauch haben, und sie würde nur für zwei Personen kochen. Ich war ein paar Tage zu Hause gewesen, als Beate aus England zurückkam. Ich hatte vernünftige Gespräche mit Vati gehabt – Gespräche finanzieller Art sozusagen. Und mit Mutti über alles mögliche gesprochen, angefangen bei warmer Unterwäsche – „Denk an das feuchte Klima, Heidilein, zieh dich warm an!" – bis zu den Gefahren, die einem unerfahrenen Mädchen in einem großen, fremden Land drohen. „Sei vorsichtig im Stadtverkehr, Kindchen!" – „Laß dich nie mit fremden Menschen ein, Heidilein!"

Jetzt stand Mutti in der Küche, vielleicht schälte sie gerade die Kartoffeln, heut kam der Fischmann, dann gab es bestimmt Kabeljau oder gebratene Heringe, und Mutti sammelte all die Fischabfälle, um sie der Katze des Nachbarn zu geben.

Wo würden Muttis Gedanken sein? Vielleicht – ja bestimmt, bei ihrer Jüngsten!

Die besagte Jüngste mußte plötzlich einen Kloß im Hals runterschlucken. Dann packte ich die restlichen Brote zusammen und schraubte den Deckel auf die Thermosflasche. Worauf ich meinen Briefblock rausholte und anfing, Mutti und Vati zu schreiben. Ich würde den Brief gleich morgen früh in Kiel einstecken, dann würden sie wissen, daß ich heil angekommen war.

Ich war im Schreiben vertieft, als Frau Segermann zurückkam.

„Wissen Sie was", sagte sie, „wir sind gleich aus dem Oslofjord raus, dann kann es unruhig werden, das Kattegat ist oft unfreundlich. Ich lege mich hin und würde Ihnen raten, dasselbe zu tun, es sei denn, Sie sind garantiert seefest."

„Ich ahne es nicht", gestand ich. „Dies ist meine erste längere Seereise."

„Dann kriechen Sie ins Heiabettchen. Oder wollten Sie essen gehen?"

„Ich habe schon gegessen, ich habe so viele Brote mit, daß sie für eine Woche reichen könnten!"

„Dann essen Sie tüchtig, es gibt nichts Schlimmeres, als tagelang von ‚Hasenbroten' leben zu müssen!"

„Es sind keine ‚Hasenbrote'", sagte ich verwundert. – „Es sind Scheiben vom Hammelbraten . . ."

Frau Segermann lachte.

„Ach, Sie können ja nicht wissen – ‚Hasenbrote', das ist so ein norddeutscher Ausdruck für übriggebliebene Brote von einer Reise oder einem Ausflug oder von einer Party – Sie wissen, solche halbvertrocknete Brote, die man aus Pflichtgefühl am folgenden Tag zum Frühstück ißt!"

Nun war ich im Bilde.

„Wir nennen sie ‚Schaukelpferde'", erklärte ich. „Wenn die Brotscheiben so trocken werden, daß sie sich nach oben biegen. Na also! Nichts wie essen, es wäre noch schöner, wenn ich morgen am Frühstückstisch die ‚Hasenbrote' essen müßte, was würde meine Wirtin denken?"

„Sie haben schon ein Zimmer?" fragte Frau Segermann. Sie schlüpfte aus ihrem Rock und schlug die Bettdecke zur Seite.

„O ja, das habe ich."

„Und sogar mit Frühstück, wie es mir scheint?“ Sie kroch ins Bett und zupfte das Kissen bequem zurecht.

„Mit Vollpension sogar!“

„Das wird aber eine teure Geschichte werden“, meinte Frau Segermann. „Ich kenne mich einigermaßen mit den Mietpreisen aus.“

„Ich werde Ihnen sagen, was ich bezahlen soll: Für das Zimmer gar nichts und für das Essen hundert Mark im Monat.“

Frau Segermann richtete sich vor lauter Staunen im Bett auf.

„Was? Hören Sie mal, das geht nicht mit rechten Dingen zu – ach so, natürlich, Sie werden bei Verwandten wohnen.“

„Nein“, sagte ich. „Aber ich kann Ihnen gern erzählen, wie es gekommen ist.“

Das tat ich auch. Frau Segermann horchte mit kugelrunden Augen.

„So was gibt es doch gar nicht!“ sagte sie zuletzt. „Das ist ja unmöglich! Solche Menschen gibt es nicht!“

„Doch“, erwiderte ich. „Die gibt es!“

„Wenn Sie bloß da nicht reingefallen sind ... ich denke an meine Tochter, sie studierte auch und hatte das Glück, ein sehr billiges Zimmer zu kriegen. Aber was glauben Sie, mußte sie dann alles tun? ‚Ach, liebes Fräulein Segermann, ich habe es heut so eilig, gießen Sie mir bitte die Fensterblumen‘ – ‚ob Sie vielleicht beim Kaufmann vorbeigehen, wenn Sie nach Hause kommen‘ – ‚hätten Sie etwas dagegen, den Hund spazierenzuführen‘ – ‚ach, Sie haben junge Beine, könnten Sie bitte dieses Paket zur Post bringen‘ ... So ging es den lieben, langen Tag! Wo wohnt nun Ihre einmalige Vermieterin? Ach so, außerhalb – na, dann hat sie wohl einen Garten, warten Sie bloß, bis das Umgraben und Jäten fällig sind ...“

Ich wollte jetzt so gern etwas sagen, wollte etwas in Worte kleiden, das sich in meinem Kopf zusammenballte, und plötzlich war es so furchtbar schwer, in der fremden Sprache die exakten Ausdrücke zu finden. Bis jetzt war es ganz gutgegangen, ich hatte mich ziemlich mühelos unterhalten können – wenn auch nicht so fließend, wie ich es hier wiedergegeben habe. Aber jetzt, wo es darum ging, etwas Wichtiges zu erklären, jetzt fühlte ich mich ganz hilflos.

„Ich verstehe bloß nicht ...", versuchte ich. „Warum soll man nicht glauben, daß es wirklich gute Menschen gibt? Warum soll man gleich den Verdacht haben, hier müßte was dahinterstecken? Wir glauben immer an all das Schlimme und Böse, das wir hören und lesen. Warum sollten wir nicht auch an das Gute glauben? An Menschen, denen es Freude macht, Gutes zu tun? Ich kenne viele Menschen mit der Einstellung."

„Dann haben Sie Glück", sagte Frau Segermann. Sie legte sich wieder hin und machte es sich bequem. „Ich bin durch ein ziemlich langes Leben zu oft enttäuscht worden, wenn ich über meine Mitmenschen Gutes dachte. Wann trifft man einen Menschen, der wirklich nur Gutes will, ohne den Hintergedanken zu haben, daß es sich für ihn lohnen wird? Ich kenne ja nicht diese Dame, bei der Sie wohnen werden. Aber ich sage mir, wenn Sie nun dreimal in der Woche so ‚kleine Gefallen' tun müssen, was jedesmal eine Stunde in Anspruch nimmt – dafür hätte sie einer Putzfrau dreimal sechs Mark zahlen müssen – also pro Monat zweiundsiebzig Mark, das wäre schon die Miete für ein kleines Zimmer so weit außerhalb der Stadt!"

„Und ich bin ganz sicher, daß sie nur ein guter Mensch ist und keine Hintergedanken hat ..." Hoppla! Ich rettete meine Thermosflasche, die noch auf dem Tisch stand und plötzlich ins Rutschen gekommen war.

„Sehen Sie, jetzt fängt es an", sagte Frau Segermann. „Hören Sie auf meinen Rat, legen Sie sich flach ins Bett!"

Das tat ich. Ich versuchte, mich ganz zu entspannen und ließ mich wiegen, hin und zurück, hin und zurück. Ich machte die Augen zu, dachte an einen guten Rat von Senta: „Laß ganz locker, versuche, die Bewegungen des Schiffes mitzumachen – dasselbe gilt für Flugzeuge, übrigens, wenn du verkrampft sitzt oder liegst, als ob du dich gegen das Wiegen wehren willst, wirst du todsicher seekrank!"

Also ließ ich mich wiegen und wurde nicht seekrank.

Ich lag da und dachte an mein Gespräch mit Frau Segermann. Und ich war froh und dankbar, weil ich noch imstande war, an das Gute zu glauben, und an die Tatsache, daß es wirklich unegoistische Menschen auf der Welt gibt.

Einen davon würde ich morgen früh treffen.

Davon war ich überzeugt.

Jede zurückgelegte Seemeile brachte mich näher an diesen Menschen. Näher an all das Neue, das Spannende, das Unbekannte.

Näher an all das Gute, woran ich nach wie vor glaubte!

Das Haus am Flüßchen

Schon um sieben war ich wieder auf dem Deck. Der Koffer war fertig gepackt. Nur meine Handtasche und meine „Hasenbrote" hatte ich bei mir. Ich kaute und kaute, ach, mein liebes Schwesterherz hatte es zu gut mit mir gemeint und mir viel zuviel mitgegeben!

Es war kühl. Ich hatte eine Strickjacke unter dem Mantel und um den Hals das warme Tuch, das Senta mir geschenkt hatte.

„Und das ist sehr lieb von mir!" hatte sie bei der Gelegenheit gesagt. „Aber du kriegst es, weil Tante Christiane es so gut kennt. Sie hat es mir geschenkt, weil es rot-blau-weiß ist, das sind nicht nur die norwegischen Farben, sondern auch die von Schleswig-Holstein. Wenn du das Tuch trägst, wird sie dich gleich erkennen. Und du sie auch, guck bloß nach einem Hund, der eine Dame an der Leine führt – ja, genau das meine ich, es ist Bicky, die die Richtung bestimmt!“

Senta hatte mich wunderbar orientiert. Als wir auf der Kieler Förde waren, erkannte ich sowohl das imposante Ehrenmal in Laboe als auch das Denkmal in Heikendorf. Und da vorn tauchte die große Werft auf, rechts waren die Schleusen, da die Hochbrücke über den Kanal.

Das Schiff bewegte sich langsamer. Vor uns lag die Stadt mit Straßen und Hochhäusern und Türmen. Da unten auf dem Kai viele, viele Menschen.

Ich war eine der ersten, die von Bord gingen, nachdem ich mich von Frau Segermann verabschiedet hatte. Die Zoll- und Paßkontrolle war nur eine Formalität und wurde durchaus nicht allzu ernst genommen.

Kaum war ich durch die Sperre, wurde mir eine Hand gereicht, eine fröhliche Stimme sagte: „Herzlich willkommen, Heidi“, und ein kleiner schwarzer Hund sprang an mir hoch und versuchte tapfer mein Gesicht zwecks Leckens zu erreichen.

Die Hand und die Stimme und der Hund gehörten einer Dame so um die fünfzig. Keine eigentliche Schönheit, aber sie hatte ein offenes und vor allem freundliches Gesicht mit zwei wachen, intelligenten Augen.

„Tausend Dank, daß ich kommen durf ... Bicky, warte doch einen Augenblick, ich muß doch zuerst dein Frauchen begr ...“, weiter kam ich nicht, Bicky hatte ihr Ziel erreicht und stupste mich mit ihrer kleinen feuchten Schnauze ins Gesicht.

„Na, dann wissen Sie schon, was Ihnen blüht, hoffentlich hat Senta Sie schonend auf meinen schrecklichen Köter vorbereitet. Kommen Sie, ich nehme Ihnen die Tasche ab, ist Ihr Koffer sehr schwer? Wir müssen mindestens zweihundert Meter laufen, meine Luxuslimousine steht da ganz vorn, vor dem Hotel. Mit dem Parken ist es ja ein Drama ... Bicky, nun läßt du endlich Tante Heidi in Ruhe!

Übrigens, Heidi, wie ist es mit der Sprache, können Sie mich verstehen, wenn ich so losbrabbele?"

„Das Wort brabbeln kenne ich allerdings nicht, aber ich verstehe es schon. Ich verstehe überhaupt gut, aber mit dem Sprechen ... ich habe ja kaum Übung, aber ..."

„Das geht ja fein! Machen Sie bloß nicht denselben Fehler wie Senta. Anfangs traute sie sich kaum zu sprechen; wenn sie unbedingt etwas ausdrücken mußte, konstruierte sie einen langen Satz im Kopf, und wenn er endlich kam, war er so voll Konjunktive und Feinheiten, daß Schiller es nicht besser geschafft hätte! Plaudern Sie nur los, ich nehme es Ihnen nicht übel, wenn Geschlecht, Zahl und Fälle anfangs ein bißchen durcheinanderpurzeln. So, hier hätten wir meinen Wagen, können Sie ihn sehen oder brauchen Sie ein Vergrößerungsglas?"

„O nein, ich habe gute Augen", lachte ich. „Außerdem hat Senta mich auch darauf vorbereitet."

„Wir müssen schnurstracks zum Bahnhof", erklärte Frau von Waldenburg, als mein Koffer und Bicky auf der kleinen Sitzbank hinten verstaut waren. „Xenias Zug kommt in zwanzig Minuten an. Der Himmel weiß, wie ich uns alle plus noch einen Koffer hier reinpferchen soll. Wahrscheinlich müssen Sie Bicky auf den Schoß nehmen!"

„Das tu ich gern!"

Frau von Waldenburg lenkte mit sicherer Hand ihr Miniauto durch den lebhaften Morgenverkehr und erklärte mir dabei, daß wir noch an der Förde entlangfuhren, und daß wir nachher um die ganze Förde fahren müßten, Richtung Laboe.

„Ja, mein Haus liegt weit weg, da wo die Füchse sich gute Nacht sagen – Mensch, was sieht mein Auge, ein freier Parkplatz, das ist zu gut, um wahr zu sein. Ach bitte, halten Sie Bicky, während ich die Parkuhr füttere – so, nun nichts wie rauf, hoffentlich ist der Zug noch nicht da."

Das war er nicht. Eine Tafel am Gleis zeigte uns an, daß der Zug fünfzehn Minuten Verspätung hatte.

„Xenia kommt doch aus Süddeutschland – dann ist sie wohl die Nacht durchgefahren?“ fragte ich.

„Nein, sie hat einen Ferienjob in Niedersachsen gehabt, von dort kommt sie jetzt. Aber die Ärmste ist wohl bei Nacht und Nebel aufgestanden – zuerst eine Stunde mit dem Bus, und ihr Zug fuhr vor halb sieben von Lüneburg ab. Na also! Dann müssen wir uns noch gedulden. Möchten Sie etwas trinken? Nicht? Falls Sie was anderes möchten, ist ‚Für Damen‘ eine Treppe tiefer. Na, das auch nicht? Dann erzählen Sie doch, wie es Senta geht, was macht das Söhnlein?“

Jetzt konnte ich die Grüße von Senta bestellen, Frau von Waldenburg fragte auch nach Sonja, und rief: „Du heiliger Bimbam!“ als ich von den Zwillingen erzählte.

„Ach, die beiden Schwestern sind so nett!“ sagte Frau von Waldenburg. „Ich möchte sie so gern wiedertreffen! Am liebsten getrennt, damit ich weiß, daß ich sie nicht verwechsle! Vielleicht fahre ich nächsten Sommer nach England, dann muß ich unbedingt Sonja besuchen! – Aber Heidi, nun müssen Sie mir helfen, nach Xenia Ausschau zu halten. Sie hat rote Haare und trägt eine blaukarierte Umhängetasche . . . hoppla, da haben wir den Zug . . . Bicky, benimm dich . . . so, jetzt also aufpassen!“

Wir fanden sie beinahe gleich. Ein schmales, etwas blasses Mädchen in Blue jeans und mit den rotesten Haaren, die ich jemals gesehen hatte. Rot und kraus, sie standen wie ein Glorienschein um den schmalen Kopf.

Außer der Umhängetasche hatte sie einen blauen Segeltuchsack, das war ihr ganzes Gepäck.

Sie sprach wenig, und dann mit einer ganz leisen Stimme. Ich konnte kaum hören, was sie Frau von Waldenburg sagte. Mir reichte sie eine schmale, kalte Hand, sagte „guten Tag“ – nichts mehr. Dann bückte sie sich und streichelte Bicky, die jetzt kurz gehalten und am Hochspringen gehindert wurde.

„Du bist also Bicky“, sagte Xenia leise.

Bicky wedelte hochbeglückt mit dem Schwanz und leckte Xenias Hand.

„Ach, Jessica hat Ihnen schon über Bicky erzählt!“ lächelte Frau von Waldenburg. „Haben Sie nun alles, Xenia? Nichts liegenlassen? Ihre Handschuhe?“

„Ich trage keine.“

Dann schwieg sie wieder und kurz danach waren wir alle in dem Miniwagen verstaut.

Frau von Waldenburg war vom Lenken in Anspruch genommen, Xenia schwieg, und ich hatte genug mit Bicky zu tun. Einmal gelang es ihr, Xenia im Nacken zu stupsen. Da drehte Xenia den Kopf und ein kleines, kurzes Lächeln huschte über das blasse Gesicht.

„Sonst ist Bicky lammfromm beim Fahren“, sagte Frau von Waldenburg. „Sie ist nur aufgeregt heut, weil wir zu dritt fahren und weil ihr Platz von lauter Gepäck blockiert ist!“

Wir fuhren am Ostufer entlang, dann ging es über eine Brücke.

„Da ist ja ein Fluß!“ stellte ich fest.

„Das ist die Schwentine. Jetzt geht es geradeaus an der Schwentine entlang, und dann – na, ihr werdet ja sehen.“

Die Straße führte durch ein paar Siedlungen, dann wurden die Häuser seltener. Etwas Wald, ein paar Wiesen, dann bog Frau von Waldenburg links ab. Ein schmaler, holpriger Weg führte durch ein kleines Wäldchen, und der Wagen hielt.

Hinter einem Zaun sahen wir einen großen Garten mit vielen alten Obstbäumen. Dahinter lag das Haus. Ein ganz ulkiges Haus, mit Anbauten und Erkern, ein merkwürdiges, zusammengeschachteltes Etwas.

„So, Kinder. Herzlich willkommen im Haus am Flüßchen! Lassen

Sie nur Bicky los, Heidi . . . ach, machen Sie vielleicht das Gartentor zu, das ist lieb von Ihnen! Hier ist der Haupteingang, dort um die Ecke ist der Kücheneingang, nein, dort geht es zum Keller . . . ach, ich zeige Ihnen alles, aber jetzt wollen wir zuerst frühstücken! Das heißt, vor allem das Gepäck loswerden, kommen Sie, ich gehe vor!"

Eine Diele mit einer alten geschnitzten Truhe und hübschen Wandleuchtern, eine enge Treppe nach oben, dort ein Korridor mit vielen schmalen Türen. Dann machte der Korridor einen Knick, dann ging es merkwürdigerweise zwei Stufen tiefer, dann wieder zwei Türen, und die machte Frau von Waldenburg auf.

„Hier, Kinder, sind eure Zimmer. Ja, sie sind klein, ich kann nichts dafür, ich habe das Haus nicht gebaut. Wollt ihr knobeln? Dieses hat einen Blick zum Flüßchen, das andere nur auf den Gemüsegarten, aber das ist dafür ein Ideechen größer."

„Ich nehme gern das kleine", sagte Xenia.

„Und hier, auf der anderen Seite ist der Waschraum mit Toilette, den habt ihr beide für euch allein. Diesen Kleiderschrank müßt ihr euch teilen, das geht wohl, der ist ja groß genug." Sie zeigte uns einen geräumigen alten Schrank in einer Nische. „So, das wäre es wohl. Wenn ihr euch ein bißchen frisch gemacht habt, dann kommt nach unten, wenn ihr Glück habt, werdet ihr die Küche finden, dort frühstücken wir . . . nein, Bicky, das ist ja unerhört!"

Das Unerhörte war die Tatsache, daß Bicky fröhlich auf Xenias Bett gesprungen war.

Wieder erschien das kleine, schüchterne Lächeln auf Xenias Gesicht.

„Das ehrt mich doch nur", sagte Xenia und streichelte wieder den kleinen schwarzen Frechling auf ihrem Bett.

Dann war ich allein in dem Zimmer, das für etliche Monate mein Zuhause sein sollte.

An der einen Wand ein Bett mit lustig geblümter Bettwäsche. Vor dem Fenster einen richtigen Schreibtisch mit Schränken und verschließbaren Schüben. In der Ecke ein kleiner Sessel und ein niedriges Tischlein. Neben dem Bett ein Nachttisch mit einem Strauß Herbstblumen.

Ein bunter Teppich auf dem Fußboden, und freundliche, goldgelb gestreifte Vorhänge vor dem Fenster.

Das Zimmer war urgemütlich. Ich fühlte mich vom ersten Augenblick an pudelwohl.

Aber nun hieß es schnell machen. Frau von Waldenburg wartete ja schon mit dem Frühstück. Ich klopfte bei Xenia.

„Ich wollte nur fragen, ob ich schon in den Waschraum gehen kann, oder ob vielleicht . . .", ich stockte. Sollte ich nun Xenia siezen oder duzen?

Sie saß auf der Bettkante und streichelte Bicky. Dann ging ihr Blick zu den Blumen auf dem Nachttisch.

„Es ist das erstemal in meinem Leben, daß jemand mir Blumen hingestellt hat", sagte sie leise, als spreche sie mehr zu sich selbst als zu mir. Dann drehte sie den Kopf und traf meinen Blick.

„Geh du zuerst, Heidi. Ich warte, bis du fertig bist."

„Fein, ich werde mich beeilen."

Im Waschraum hingen blütenweiße Handtücher auf Häckchen, die säuberlich mit kleinen Schildern versehen waren. „Heidi" und „Xenia" in Druckbuchstaben. Da waren zwei Seifenstücke, zwei Zahnputzbecher, zwei kleine Wandborte, auch mit unseren Namen.

An alles war hier gedacht!

Dann wusch ich mich und putzte die Zähne und kämmte die Haare und war voll Spannung, voll Vorfreude auf alles, was ich vor mir hatte.

Gott sei Dank, daß Xenia zu mir „du" gesagt hatte!

Ich war als erste unten. Nachdem ich drei verkehrte Türen aufgemacht hatte, fand ich endlich die Küchentür und stand in einer großen, hellen Anbauküche mit vielen elektrischen Geräten und einer urgemütlichen Eßecke. Frau von Waldenburg stand am Herd.

Ich überreichte ihr mein Mitbringsel von Senta, ein Stück norwegischen Ziegenkäse und eine Packung dünnen, weichen Gebäcks – einer norwegischen Spezialität – mit dem unübersetzbaren Namen „Lefse“.

„Oh, das ist aber lieb von Senta, sie hat meine Schwäche für Lefse mit Ziegenkäse nicht vergessen! Jetzt gibt es gleich Kaffee. Was macht Xenia?“

„Sie kommt gleich. Sie stand gerade und guckte sich ihr Zimmer verliebt an, und dasselbe habe ich getan. Tausend Dank für die Blumen! – Aber wo ist die dritte Ihrer Bande, ich meine Denise?“

„Sie kommt heute nachmittag.“

Frau von Waldenburg füllte den gemahlenen Kaffee in die Kaffeemaschine. Dann sah sie mich an.

„Heidi, ich habe mir selbst hoch und heilig versprochen, nie mit einer von euch über die anderen zu sprechen. Aber etwas möchte ich doch sagen, jetzt, gleich zum Anfang.“

Sie drehte an einem Schalter, warf einen Blick auf den Glasbehälter in dem die Kaffeeprozedur ihren Lauf nahm. Dann drehte sie sich wieder zu mir um: „Seien Sie lieb zu Xenia, Heidi.“

Briefeschreiben

Im "Haus am Flüßchen", 22. Oktober

Meine innigst geliebten Eltern!

Meine Kartengrüße und den Brief vom Schiff habt Ihr hoffentlich schon längst erhalten, dann wißt Ihr, daß ich gut angekommen und bestens aufgehoben bin. Ja, wenn alles so bleibt wie bisher - und ich glaube bestimmt, daß es bleibt! - habe ich ein solches Glück gehabt, daß ich es selbst kaum fassen kann.

Was wollt Ihr nun zu allererst wissen? Ach ja, natürlich, was meine Studien machen!

Danke der Nachfrage: Nachdem ich mich mit etwas Mühe in dem enormen Universitätskomplex zurechtgefunden und die Verwaltungsstelle ausfindig gemacht hatte, wo ich mich anmelden sollte, ist alles wie am Schnürchen gelaufen. Ich habe all meine Papiere ausgebreitet, vom Geburtsschein über Impfschein und Abiturzeugnis bis zu der Mitteilung, daß ich hier in Kiel aufgenommen bin - habe tausend Fragen beantwortet, ich ahnte nicht, daß so viel über meine Wenigkeit zu berichten sein könnte. Es fehlte nur noch, daß man nach meiner Schuhgröße und Lieblingsgericht fragte! Oder, wie Frau von Waldenburg sagte, als ich ihr über die Formalitäten erzählte: "O ja, das kenne ich! Schuhgröße, Kragenweite, wenn nicht verheiratet, warum?"

Also, ich wurde dann feierlich aufgenommen, dann folgte das Immatrikulieren, und gestern hatte ich meine erste Vorlesung. Gott sei Dank, daß ich mit der deutschen Sprache so fleißig gewesen bin! Natürlich habe ich nicht jedes Wort begriffen, aber ich habe die unverständlichen Ausdrücke notiert und nachher nachgeschlagen. Ich habe übrigens zwei Norweger und eine Norwegerin getroffen, wir sind in derselben Gruppe, und die haben alle mehr Sprachprobleme als ich. Aber sie haben auch keine Väter mit Universitätsexamen in Deutsch, so wie ich es habe!
Sonst habe ich bis jetzt eigentlich keinen Anschluß unter den Studenten gefunden, aber das kommt bestimmt noch. Ich wohne ja auch "östlich der Sonne und westlich des Mondes" - hier sagen sie "da wo die Füchse sich gute Nacht sagen". Ob es hier am Flüßchen Füchse gibt weiß ich nicht, ich glaube eher, daß die Karnickel und Enten, Bleßhühner und Schwäne sich sowohl gute Nacht als auch guten Morgen sagen, und zwar direkt vor dem Grundstück. Der Fluß bildet eine Art Rinne bis in den Garten, und die lieben

Viecher haben natürlich entdeckt, daß sie nur etwas zu schnattern brauchen, dann erscheint ein Mensch und streut ihnen Futter hin. Die Karnickel kommen bis zur Küchentür, was Bicky maßlos aufregt.

Es ist so schön, nach Vorlesungen und Stadt-Unruhe hier zu dieser friedlichen Idylle nach Hause zu kommen! Frau von Waldenburg ist immer guter Laune, immer aufgeschlossen, immer bereit, unsere vielen Fragen zu beantworten.

Was das Essen betrifft, hat sie ihr Versprechen gehalten: Wir kriegen ein gut und liebevoll zubereitetes Alltagsessen, ohne Luxus, aber wohlschmeckend und sättigend. Heute hatten wir z. B. Linsensuppe mit Würstchenstückchen und Kartoffeln drin, und nachher Eierkuchen in rauhen Mengen. Senta hat mich vor der norddeutschen Küche gewarnt. Aber bis jetzt hat alles herrlich geschmeckt. Übrigens kocht Frau von Waldenburg weder norddeutsch noch süddeutsch, sie kocht "nach ihrem eigenen Kopf", wie sie sagt. Natürlich gibt es für mich viel Neues. Daß man zum Beispiel Makkaroni mit Tomatensoße als Hauptgericht ißt, ohne Fleisch dazu, das war mir ja unbekannt. Dann habe ich etwas kennengelernt, das so gut ist, daß ich um das Rezept gebeten habe. Es heißt Quarkkeulchen, und wird aus Quark, Ei, durchgedrehten Kartoffeln, Mehl und Rosinen gemacht, und als flache Kuchen auf der Pfanne gebraten. Gegessen werden die "Keulchen" mit Zucker, Zimt und Kompott. Ich werde sie machen, wenn ich irgendwann wieder zu Hause in Tjeldsund bin!

Aber am nächsten Donnerstag wird es ein Festessen geben. Da kommen Gäste: Frau von Waldenburgs Patentochter Jessica mit Ehemann und Jessicas Freundin Reni, auch mit Mann. Zwei Ärzte und zwei Ärztinnen! Jessica und Reni sind zwei der "Donnerstagsfresser", von denen Senta erzählt hat. In ihrer Studienzeit haben sie jeden Donnerstag hier gegessen - und wie gegessen! An dem Tag wird es nur ein schnelles Butterbrot mittags geben. Und abends wird geschlemmt. Gestern war Frau von Waldenburgs Sohn hier und hat Pakete und Kartons abgegeben, er bringt ihr ja regelmäßig Eier und Fleisch und Gemüse aus seiner Landwirtschaft. Bei ihm war also Denise "Au-pair-Mädchen", bis sie herkam.

Und somit wäre ich bei meinen beiden Mitpensionären.

Denise ist ein kleines schwarzhaariges, quirliges Etwas, immer strahlender Laune, immer zum Plaudern und Lachen bereit. Sie ist das offenherzigste, was ich jemals getroffen habe, erzählt vollkommen hemmungslos alles mögliche, seien es nun ihre Liebesgeschichten, ihre Geldschwierigkeiten, ihre sprachlichen Schnitzer, oder die unzähligen Dinge, die sie während der Schulzeit ausgefressen hat. Wir verstehen uns sehr gut!

Xenia ist ganz anders. Sie ist schweigsam, verschlossen, nicht unfreundlich, aber auch nicht besonders freundlich. Ihr Zimmer liegt neben meinem. Nichts wäre natürlicher, als wenn wir uns gegenseitig besuchen würden und ein bißchen plaudern. Aber so ist sie nicht. Sie sitzt allein - nein, nicht ganz allein: Die sagenumwobene Bicky - die kleine Hündin, wißt Ihr - hat eine Vorliebe für Xenia und verbringt oft ein Stündchen in ihrem Zimmer. Ich bin nur ganz kurz da drin gewesen, um etwas wegen des Waschraums zu fragen. Da lagen Bücher auf ihrem Arbeitstisch und Hefte und ein Stoß Papier, aber nirgends im Zimmer war ein Foto aufgestellt. Und bei mir ist es ja so, daß ich vor lauter Fotos kaum Platz für meine Bücher habe!

Ich habe das Gefühl, daß Xenia furchtbar allein auf der Welt und finanziell sehr schlecht dran ist. Jeden Tag hängt ihre Wäsche zum Trocknen in unserem Waschraum, und es sind immer dieselben Kleidungsstücke. Sie scheint wirklich nicht mehr als zwei Garnituren Unterwäsche zu haben! Sie besitzt keinen Mantel, nur eine Art Lodenjacke, und läuft immer ohne Handschuhe rum. Ich habe sie auch nur mit einem einzigen Paar Schuhe gesehen.

Ich möchte so gern lieb zu ihr sein, möchte sie zum Sprechen bringen. Vielleicht würde es ihr guttun, wenn sie sich einem anderen Menschen gegenüber erleichtern könnte. Aber ich will mich ja nicht aufdrängeln!

Aber vielleicht wird es anders. In der reizenden Atmosphäre in diesem Haus muß man ganz einfach auftauen! Gestern fragte Frau von Waldenburg, ob wir nicht zum Fernsehen runterkommen möchten, es war eine wunderschöne Sendung über Galapagos... und in Farbe! Nachher blieben wir sitzen und plauderten, das heißt, Denise plauderte und Frau von Waldenburg auch - und ich gab wohl auch ab und zu meinen Senf dazu. Aber Xenia saß ganz still da, mit einem - ja was soll ich sagen - einem erstaunten, fragenden Ausdruck in ihren klugen Augen. Ja, sie sieht unheimlich intelligent aus, und wenn sie - ganz selten - etwas sagt, dann hat es Hand und Fuß!

Sie ist übrigens die älteste von uns, schon einundzwanzig. Es ist mir unbegreiflich, daß sie mit ihrem klaren Kopf noch nicht weiter in der Ausbildung ist. Vielleicht ist sie krank gewesen und hat ein Jahr verloren.

Sie ist mir vorläufig ein Rätsel.

Ich muß aufhören! Gleich werden wir zum Abendbrot runtergegongt. Es gibt Brot und Knäckebrot und eine sehr gute Margarine (Butter nur sonnabends und sonntags), Wurst und Käse, und dazu trinken wir Hagebuttentee. Schmeckt übrigens gut! Es hat einen bestimmten Grund, daß wir ausgerechnet Hagebutten bekommen. Frau von Waldenburg hat uns erklärt, daß Hagebutten die einzige Vitamin-C-Quelle ist, die das Vitamin auch beim Trocknen,

Pulverisieren und Aufbrühen behält. Wie Ihr versteht, ist sie wirklich auf unser Wohl bedacht. "Junge Menschen brauchen Vitamin C", sagt sie und gießt uns unsere Teetassen voll, und die sind so groß wie Babytöpfchen!

Nun grüßt innigst bei Beate und wem Ihr sonst schreibt. Ich kann nicht der ganzen Familie schreiben, denkt daran, daß ein Auslandsbrief siebzig Pfennig kostet! Beinahe anderthalb Kronen!

Übrigens schaffe ich es gerade mit dem Geld. Ich mache es so, wie Du es mir vorgeschlagen hast, Vati: Ich versuche, jede Woche etwas für unvorhergesehene Ausgaben zurückzulegen. Die erste unvorhergesehene wird bestimmt eine Schuhreparatur sein. Wir haben zehn Minuten zum Bus, und zwar auf einem unbepflasterten Weg.

Es gongt! Und ich habe Hunger!

Es umarmt und küßt Euch

Eure Heidi

Die Weiße Brücke

Ich stand an der Bushaltestelle und sah meinen Bus verschwinden. Verflixt! Nun hatte ich zu lange getrödelt, oder war meine Uhr stehengeblieben? Ausnahmsweise hatte ich nachmittags in der Stadt zu tun gehabt, und jetzt stand ich da und mußte auf den nächsten Bus warten.

Aber halt! Ich konnte den anderen Bus noch schaffen! Der fuhr allerdings am anderen Flußufer entlang, aber von der Haltestelle führte ein kleiner Pfad runter zu einer Fußgängerbrücke und von deren anderen Seite wieder ein schmaler Weg durch das Wäldchen, dann würde ich schnell zu Hause sein!

Gedacht, getan. Der Bus kam und ich sprang rein. Ich kannte den Weg, Frau von Waldenburg hatte mir den Tip gegeben, als ich eines Morgens verschlafen hatte und unseren gewöhnlichen Bus verpaßte. Allerdings hatte sie hinzugefügt: „Jetzt, morgens, können Sie da rüberlaufen, aber nachmittags soll man diese Brücke meiden. Da sammelt sich jeden Tag eine Bande Halbstarker mit ihren Bierflaschen und Schnapsbuddeln, sie machen Krach und Unfug und belästigen unschuldige Fußgänger!"

Ach wo, ich würde wohl mit den Kerlen fertig werden, ich wollte ja nur schnell über die Brücke laufen, außerdem war es noch nicht *so* spät! Schade, daß diese Bande sich gerade die Stelle ausgesucht hatte. Eigentlich war der kleine Fußweg so hübsch! Morgens traf man viele Hundebesitzer da, sie ließen ihre Hunde frei laufen, dazu gab es sonst nicht allzuviel Gelegenheit. Sie rannten glücklich rum, spielten und kläfften und liefen in das seichte Uferwasser, kurz, sie genossen die Freiheit und benahmen sich wie fröhliche Hunde. Frau von Waldenburg ging beinahe täglich mit Bicky dorthin, wenn sie uns drei losgeworden war. „Einen Augenblick Geduld, Bicky, gleich gehen wir zur Weißen Brücke", sagte sie oft, wenn Bicky schon beim Frühstück ungeduldig wurde.

Es war schon ziemlich dunkel, als ich aus dem Bus stieg. So, nun ganz schnell laufen!

Da sah ich schon die Weiße Brücke, und in dem Augenblick, wo ich sie erreicht hatte, erklang vom anderen Ufer ein Knall, als ob etwas kaputtgeschlagen wurde, und gleich darauf ein kreischendes Gelächter.

So, da hatten wir den Salat!

Nur schnell, dachte ich. Schließlich konnten sie mir ja nicht die Brücke versperren!

Aber genau das war es, was sie taten.

Als ich auf der Mitte der Brücke war, flog etwas durch die Luft. Unwillkürlich lief ich zur Seite und hielt den Arm vors Gesicht. Der Gegenstand flog dicht an meinem Kopf vorbei und landete mit einem Knall einen halben Meter vor meinen Füßen. Braune Glassplitter sausten über die Brücke und um mich herum.

Es war eine leere Bierflasche.

Jetzt war ich wütend. Wenn man wütend ist, soll man bis zehn zählen bevor man etwas sagt, aber ich zählte nicht einmal bis zwei!

„Könnt ihr euch nicht eure leeren Flaschen gegenseitig an den Kopf schmeißen?" rief ich. „Was soll das, unschuldige Fußgänger beinahe umzubringen?"

„Ach nee, habt ihr das gehört, das Mädchen ist unschuldig! Du kriegst einen Schnaps, Kleine, dann wirst du bestimmt gemütlicher!"

Einer der Kerle ergriff meinen Arm. Jetzt war ich nicht nur wütend, ich hatte auch Angst.

„Ich will keinen Schnaps, ich will hier durch! So, macht keinen Blödsinn, ich habe es eilig!"

„Ach, da wartet wohl dein Süßer auf dich, was? Laß ihn noch ein bißchen warten, bleib nun hübsch hier!"

Unter Lachen und Gegröle stellten sie sich auf und versperrten mir die Brücke. Es waren drei . . . nein vier Jungen und zwei kreischende Mädchen. Alle stanken sie nach Bier und Schnaps.

Dann hatte ich nur eins zu tun. Ich versetzte dem Kerl, der mir den Arm festhielt, einen Fußtritt direkt an das Schienbein. Er brüllte und lockerte den Griff, und wie der Blitz trat ich den Rückzug an. Ich war so wütend, daß mir die Tränen aus den Augen kullerten! Nun mußte ich zurück zur Straße und dann zusehen, wie ich zu der großen Brücke kam, von wo die Busse und Autos fuhren. Es war furchtbar weit zu laufen, und zu allem Unglück fing es jetzt an zu regnen. Und ich hatte nichts auf dem Kopf und keinen Regenmantel!

Schnell laufen, das kann ich! Das habe ich als Kind lernen müssen! Wenn ich meine Brüder Jens und Olav bis zur Weißglut geneckt hatte und unsanfte Strafmaßnahmen drohten, flitzte ich wie ein Wirbelwind zu Mutti, die es immer verstand, ihre aufgeregten Söhne zu besänftigen. Das Flitzen kam mir jetzt zugute. Es würde bestimmt der halbbesoffenen Bande da unten unmöglich sein, mich einzuholen!

Aber wütend war ich ... Was sagte Senta immer? „Stinkwütend" ... ein gutes Wort, das man in gebildeter Gesellschaft nicht benutzen sollte, hatte sie mir erklärt. Aber gerade das war ich. Stinkwütend!

Plötzlich blieb ich stehen, und mein Herz beinahe auch. Da war noch einer! Er kam mir entgegen und sah sehr tatkräftig aus. Dazu hatte er einen großen Schäferhund bei sich!

Er sagte ein paar leise Worte zu dem Hund, und der stellte sich knurrend vor mich und versperrte mir den Weg.

Jetzt hatte ich Angst! Und was für Angst!

„Rufen Sie den Hund zurück!" rief ich.

„Nein, meine junge Dame, jetzt wo ich endlich eine von euch erwische, habe ich ein paar Worte zu sagen. Jetzt kommst du hübsch mit zurück zur Brücke und fegst die Glasscherben weg, die ihr jeden Tag da verstreut. So, eins, zwei, drei, ein bißchen Hoppla!"

Ich blieb mit offenem Mund stehen. Er glaubte, daß ich zu der Bande gehörte! Und ich hatte dasselbe von ihm geglaubt!

Plötzlich war das alles so komisch, daß ich laut lachen mußte.

„Meinen Sie, daß ich dazugehöre? Und genau dasselbe habe ich von Ihnen gedacht! Die Biester da unten haben mir gerade den Weg versperrt, ich wollte rüber zum kleinen Waldpfad – jetzt muß ich einen Umweg von einer Stunde machen!"

Er guckte mich an, dann rief er den Hund, der sofort gehorchte.

„Entschuldigen Sie. Wenn ich Sie genauer angesehen hätte, wäre es mir klar gewesen, daß ... Sie sind Ausländerin, wie ich höre?"

„Ja. Norwegerin."

„Und Sie wohnen da drüben am anderen Ufer?"

„Ja, nur ein paar Minuten von hier. Ich wäre schon zu Hause gewesen, wenn diese scheußliche Bande mir nicht den Weg versperrt hätte!"

„Kommen Sie. Ich bringe Sie nach Hause."

„Und die Bande da unten?"

„Keine Angst. Vor Hasso haben sie Respekt."

Der Hund war jetzt ausgesprochen freundlich. Er guckte mich schwanzwedelnd an, und ich durfte ihm den Hals kraulen.

„Was für ein hübsches Tier", sagte ich.

„Ja, er ist ein feiner Kerl. Wir gehen jeden Tag hier spazieren, am frühen Morgen und dann am Nachmittag. Jeden Tag ärgere ich mich über all die Glasscherben auf der Brücke. Hasso hat sich schon einmal eine Pfote aufgeschnitten. Wir müssen uns vorsehen, daß wir nicht auf die Scherben treten."

Jetzt hörten wir, daß die Bande sich unter viel Gegröle zurückzog – zum Glück gingen sie alle nach rechts, ich mußte den Pfad nach links weiter.

„Wenn ich nun einen Besen hätte, würde ich gleich die Brücke sauberfegen", sagte ich.

„Dann hätten all die Hundebesitzer sich morgen früh gefreut", schmunzelte mein Kavalier. „An sich ist dies eine so schöne Gegend zum Hundeausführen, wenn es bloß nicht so schlimm mit Glasscherben und Abfällen wäre! Übrigens, im Sommer haben die Rowdys auch ein Stück vom Geländer abgebrochen, da wäre um ein Haar ein Kind in den Fluß gefallen!"

Wir gingen vorsichtig an den Scherben vorbei, dann waren wir auf dem sauberen Pfad, der direkt zu Frau von Waldenburgs Haus führte.

„Sagen Sie, wohnen Sie in dem Würfelhaus?" fragte mein Begleiter.

„Würfelhaus?" Ich mußte lachen. „Ja, so kann man es vielleicht nennen. Meine Wirtin behauptet, es ist durch Sproßbildung gewachsen!"

„Dann wohnen Sie ja bei Bicky!"

„Genau. Sie kennen also die Hauptperson des Hauses?"

„Na klar. Alle Hundebesitzer hier in der Gegend kennen sich, jedenfalls kennen wir die Hunde. Hasso ist ein ganz großer Verehrer von Bicky. Aber wir treffen uns nicht mehr so oft, ich gehe schon gegen halb acht Uhr morgens, und in der letzten Zeit, glaube ich, kommt Bicky erst später."

„Ja, daran sind wir schuld. Ich meine, wir drei Pensionäre! Frau von Waldenburg kann erst mit Bicky los, nachdem sie uns Frühstück gegeben hat und wir ordnungsgemäß das Haus verlassen haben!"

„Ach, Frau von Waldenburg hat jetzt Pensionäre?"

„Ja. Drei Mädchen. Alle Studentinnen. Ich bin also eine davon. Ich studiere Zahnheilkunde."

„Sieh einer an! Ich melde mich bei Ihnen, wenn ich Zahnschmerzen kriegen sollte!"

„Dann warten Sie am besten noch ein paar Jahre. Vorläufig weiß ich kaum den Unterschied zwischen einem Schneidezahn und einem Weisheitszahn!"

Er erzählte, daß er Jura studierte und im vorletzten Semester sei. Als wir uns vor dem Gartentor verabschiedeten und ich mich für das Nachhausebringen bedankte, sagte er mir, daß er Bernhard Lange hieße.

Als ich ihn zwischen den Bäumen verschwinden sah, wußte er auch meinen Namen.

Ich konnte gerade noch sehen, daß er sich umdrehte und noch einmal die Hand zum Abschied hob.

„Auf Wiedersehen, recht bald, Heidi!"

Dann verschlang die Dunkelheit Bernhard und Hasso.

Frau von Waldenburg stellte nie Fragen.

Auch nicht, als ich am folgenden Morgen schon um halb sieben in der Küche erschien. Ich sagte nur, daß ich heute ganz früh los müßte. Ich aß schnell meine Butterbrote, Frau von Waldenburg erinnerte mich daran, daß heute Donnerstag sei, es gäbe erst abends ein warmes Essen, und sie würde mir raten, ein paar „Schulbrote" einzustecken. Das tat ich und verabschiedete mich.

In dem kleinen Schuppen unten im Garten hatte ich etwas gesehen, was ich jetzt gerade brauchte: Einen großen Reisigbesen. Den holte ich mir, und zehn Minuten später war ich in vollem Gange, die Weiße Brücke zu fegen. Was waren diese Rowdys doch für . . . halt, beinahe hätte ich jetzt eins der Worte gebraucht, von denen Senta gesagt hätte, man dürfe sie nicht aussprechen!

Die Wegbeleuchtung war hier schlecht, aber ich hoffte, daß ich all die Scherben mitgekriegt hatte.

Allmählich wurde es etwas heller, und da kam auch der erste Hund, ein großer, prachtvoller Collie mit Frauchen. Sie sah mich mit dem Besen und nickte freundlich. „Wie schön, daß hier saubergemacht wird . . . Siehst du Roland, heute kannst du dir die Pfoten nicht verletzen."

Roland wedelte freundlich, und schon kam der nächste, ein munterer Münsterländer. Ich habe nichts gegen Collies und Münsterländer, aber gerade jetzt interessierte ich mich mehr für Schäferhunde.

Die Brücke war einwandfrei sauber, und ich versteckte meinen Besen im Gebüsch. Ich würde ihn vielleicht morgen wieder brauchen.

Dann machte ich mich auf den Weg zum Bus – und gerade dort, wo der Pfad eine Kurve machte, stieß ich beinahe mit einem großen Hund zusammen.

„Oh, Hasso, du bist es ja!"

Da war auch Bernhard.

Er erkannte mich gleich und reichte mir die Hand.

„Nanu, so früh auf den Beinen? Und hier in der Gefahrenzone?“

„Morgens ist es doch nicht gefährlich, haben Sie gesagt. Ich bin schon um sieben hier gewesen und habe die Brücke gefegt!“

„Na, dann haben Sie wirklich die gute Tat des Tages getan. Heißt es nicht so bei den Pfadfindern? ‚A good turn every day?‘“

„Doch, so heißt es. Ich war selbst früher Pfadfinderin.“

„Und Sie haben die löbliche Angewohnheit beibehalten? Was haben Sie denn sonst immer als ‚good turns‘ gemacht?“

„Oh, das war verschieden, ich habe es mir oft sehr leichtgemacht! Ich habe einmal einer alten Frau einen schweren Korb getragen – ab und zu mein Zimmer gründlich aufgeräumt – und wenn ich ein ganz schlechtes Gewissen hatte, habe ich das Mittagsabwaschen übernommen. Was als ‚gute Tat‘ für ein paar Tage ausreichte, bei unserem Geschirrverbrauch!“

„Ist Ihre Familie denn so groß?“

„Und ob! Ich bin die jüngste von acht Geschwistern!“

„Heiliger Bimbam! Und ich bin der einzige, teure Sprößling meiner Eltern. Müssen Sie schon weiter? Wann fängt denn Ihre Vorlesung an?“

„Um neun.“

„Dann haben Sie ja reichlich Zeit. Sie brauchen erst mit dem 8.15-Uhr-Bus zu fahren. Kommen Sie doch mit ein Stückchen, nachher bringe ich Sie zum Bus!“

Ich kam mit. In dem anbrechenden Tageslicht konnte ich ihn endlich deutlich sehen. Er hatte ein nettes, offenes Gesicht, ein Paar kluge Augen, aber eine eigentliche Schönheit war er nicht. War ja auch egal! Eine Schönheit bin ich auch nicht!

Wir plauderten fröhlich und ungezwungen, als hätten wir uns lange gekannt. Zwischendurch begrüßte er Hunde und Hundebesitzer. Es war eine bunte Gesellschaft von Vierbeinern, die sich am Flußufer tummelte! Ein weißer Spitz, ein schwarzer Pudel, ein junger, verspielter Boxer und ein edler, rotbrauner irischer Setter.

Ganz zuletzt kam eine Dame mit einem winzigen, struppeligen Etwas auf dem Arm. Es war ein „Yorkshire toy terrier", der auf den Namen Fips hörte.

Es machte furchtbar viel Spaß, der ganzen morgenfrischen Bande beim Spielen und Laufen zuzusehen!

„Schade, daß Bicky nicht dabei ist", sagte ich. „Vielleicht könnte ich meine beiden Mitpensionäre dazu überreden, etwas früher aufzustehen, damit wir rechtzeitig frühstücken könnten, so daß Frau von Waldenburg zu diesem ‚Hundetreffen' kommen kann!"

„Verstehen Sie sich gut mit Ihren beiden Mitstudentinnen?"

„O ja. Aber wir kennen uns ja erst seit wenigen Wochen. Die eine ist munter und offenherzig und plauderfreudig, die andere ist sehr schweigsam. Ich weiß eigentlich wenig über sie. Nur eins haben wir ganz bestimmt gemeinsam, wir haben wenig Geld und müssen furchtbar sparsam sein!"

Bernhard hörte meinem Geplauder belustigt zu.

„Für eine Norwegerin ist es wohl auch sehr teuer, in Deutschland zu studieren", meinte er. „Ich denke an die Währung . . ."

„Und ob es teuer ist! Ich hätte es auch nicht machen können, wenn Frau von Waldenburg nicht so ein Engel gewesen wäre und uns so unglaublich wenig Geld abgenommen hätte! Hundert Mark im Monat für Vollpension!"

„Was? Hundert Mark? Das ist ja unglaublich! Und was müssen Sie dafür leisten?"

„Nichts! Überhaupt nichts! Das ist es ja! Wir haben jede ein nettes Zimmer, und wir haben ungestörte Ruhe zum Arbeiten. Es ist zu gut, um wahr zu sein!"

Bernhard schüttelte den Kopf.

„Das begreife ich nicht. Da muß doch . . . ach, Heidi, wir müssen umdrehen, sonst verpassen Sie Ihren Bus!"

Wir rannten los, und ich kam gerade noch mit. Zu meiner Schande muß ich gestehen, daß ich während der Busfahrt keinen

Gedanken der Zahnheilkunde widmete. Ich lächelte so vor mich hin und dachte an Bernhard und Hasso. Besonders an Bernhard. Er war furchtbar nett, er hatte ein so lustiges Lächeln und eine so hübsche Stimme!

Aber dann dachte ich an seine letzten Worte – daß er es unglaublich fand, daß Frau von Waldenburg so lieb zu uns war und nichts dafür verlangte. Derselben Meinung war auch die Frau Segermann auf dem Schiff bei der Herreise gewesen. War es denn wirklich eine so große Seltenheit, daß Leute Gutes tun; einfach weil es einem selbst Freude macht?

War denn meine eigene Familie eine Ausnahme? Meine Eltern waren ja auch so und Beate und ihre Familie. Was hatte Mutti manchmal gesagt, als ich klein war? „Denk daran, Heidilein, es macht viel mehr Spaß, lieb zu sein!"

Dann fand Bernhard es womöglich auch komisch, daß ich früh aufgestanden war, um die Brücke zu fegen?

Na, dann würde ich es ihm zeigen, daß es Menschen gibt, die gern was Gutes tun! Denn ich würde weiterhin die Brücke saubermachen. Ganz einfach, weil es mir Freude machte, daran zu denken, daß die spielenden Hunde sich nicht die Pfoten verletzen würden!

Frau von Waldenburg machte es auch Spaß, lieb zu sein!

In dem Punkt war sie genau wie meine Mutter!

Jeder Tag ist Donnerstag!

Ich hörte Stimmen aus der Küche. Es war spätnachmittags, Frau von Waldenburg arbeitete bestimmt auf Hochtouren mit den Vorbereitungen für den Abend.

Ob sie vielleicht Hilfe brauchte?

Ich lief nach unten und fand sie am Herd vor. Denise war dabei, das feine Porzellan aus dem Schrank zu holen, und fragte gerade: „Welchen Tischdecke soll auf das Tisch?“

Sie brachte immer „der, die und das“ durcheinander, und wenn wir uns vor Lachen kringelten, lachte sie selbst am lautesten!

Sie hatte ja auch Deutsch so „aufgepiekt“, während ich Glückspilz es in der Schule systematisch gelernt hatte und keine *so* großen Schnitzer machte.

Ich fragte, ob ich vielleicht helfen dürfte.

„Das ist aber lieb von Ihnen, Heidi . . . ja, wenn Sie die Petersilie dort wiegen würden, das wäre fein . . . Denise deckt schon den Tisch, das kann sie so gut.“

Ja, so was konnte Denise gut. Sie hatte so unglaublich geschickte Hände! Einen Tisch hübsch decken, ein Blumengesteck zusammenstellen, oder ihre eigenen Kleider schneidern, ihre Haare frisieren, so daß sie nie zum Friseur mußte. Sie war beneidenswert geschickt!

„Brauchen wir Tischkarten?“ fragte die Geschickte durch den Türspalt.

„Ach, das habe ich vergessen, ich wollte ja die lustigen Kärtchen mit kleinen Pudeln drauf kaufen . . . dann nehmen Sie einfach ein paar weiße Kärtchen aus dem oberen rechten Schub im Schreibtisch, Denise. Wer von euch hat die hübscheste Handschrift?“

„Xenia!“ rief ich. „Dies ist eine Aufgabe für sie!“

Ich nahm die Karten und rannte nach oben.

„Xenia, du kannst so hübsch schreiben, würdest du bitte die Tischkarten ausschreiben – also für uns hier und dann die Namen Manfred, Reni, Jessica und Falko – Frau von Waldenburg wollte Pudelkarten kaufen und hat es vergessen – vielen Dank, Xenia, fein! Bringst du sie nachher runter?“

Xenia hatte wortlos den Auftrag in Empfang genommen. Ich sah gerade, daß sie sich am Schreibtisch zurechtsetzte und nach einem Stift griff. Dann lief ich wieder zu meiner Petersilie und zu einer frischen Ananas, die hübsch in Scheiben geschnitten werden sollte.

Vom Backofen duftete es himmlisch, und als ich die Ananas aus dem Kühlschrank holte, sah ich zwei große Schüsseln mit einem äußerst vielversprechenden Inhalt. Daß viel Schlagsahne und Pfirsichhälften entscheidende Rollen spielten, konnte ich gleich erkennen.

Na, das würde vielleicht ein Essen geben!

Es war urgemütlich, mit Frau von Waldenburg in der Küche zu arbeiten, und das sagte ich ihr.

„Das finde ich auch", lächelte sie. „Aber für täglich will ich euch hier nicht sehen! Dann hätte ich immer das Gefühl, ich hielte euch vom Lernen ab und ich würde die Situation ausnützen."

„Und das ist es gerade, was Sie nicht wollen!" sagte ich. „Und was kein Mensch begreift."

„Was begreift kein Mensch?"

„Daß Sie dies alles freiwillig auf sich nehmen, für drei Mädchen zu sorgen, ohne einen Pfennig dadurch zu verdienen."

„Begreifen Sie es auch nicht, Heidi?"

„Doch. Ich verstehe es. Meine Mutter würde genau dasselbe tun. Meine Schwester Beate auch. Denn die beiden sind in dem Punkt genau wie Sie. Es macht ihnen einfach Spaß, was Gutes zu tun."

„Und Ihnen? Macht es Ihnen auch Spaß?"

„O ja. Ich bin dazu erzogen worden. Ich fing übrigens den heutigen Tag mit einer guten Tat an", fügte ich hinzu. Dann erzählte ich Frau von Waldenburg von meinem morgendlichen Brückenfegen. Aber von Bernhard erzählte ich nichts.

„Da haben Sie wirklich eine gute Tat getan", lächelte Frau von Waldenburg.

„Und eine böse", beichtete ich. „Ich habe nämlich aus Ihrem Schuppen einen Reisigbesen geklaut."

„War da ein Reisigbesen? Keine Ahnung. Den hat wohl mein Vorgänger hier hinterlassen. Betrachten Sie den Besen als Geschenk. Legen Sie bitte die Ananasscheiben hier auf diese Platte, ich brauche sie nachher zum Dekorieren . . . Himmel, nun jault der Köter, er hat den Rehbraten gerochen . . . hier, Heidi, legen Sie bitte diese Fleischreste in den Hundenapf, o ja, richtig, gucken Sie doch bitte im Flur nach, ob genügend Kleiderbügel für vier Gäste da sind!"

Im Flur stieß ich mit Xenia zusammen, sie kam gerade die Treppe runter, mit den Karten in der Hand.

„Glaubst du, daß es so geht?" fragte sie und hielt mir die Karten hin. Ich warf schnell einen Blick darauf, dann rief ich laut: „Aber Xenia! Du bist ja eine Künstlerin! Das ist direkt phantastisch! Frau von Waldenburg . . .", ich rannte in die Küche, die Karten in der Hand, „gucken Sie bloß, sehen Sie, was Xenia gemacht hat!"

Frau von Waldenburg rief laut vor Begeisterung, und dazu hatte sie allen Grund. Auf jede Karte hatte Xenia mit wenigen Strichen ein Pudelchen gezeichnet – oder vielmehr, eine Pudel-Terrier-Mischung, genau wie Bicky! Acht verschiedene Zeichnungen waren es. Einmal machte das Tierchen Männchen, einmal war es beim Fressen, einmal kratzte es sich, einmal gab es Pfötchen und so weiter. Und das alles in wenigen Minuten gezaubert!

„Xenia, Menschenskind!" rief Frau von Waldenburg. „Warum haben Sie nie erzählt, daß Sie zeichnen können! Und so phantastisch! Wo haben Sie das bloß gelernt?"

Ein kleines Lächeln kam auf Xenias Gesicht zum Vorschein, ein kleines, scheues, ungewohntes Lächeln.

„Oh, das ist doch nichts, nein, ich habe nichts gelernt, es ist wohl angeboren. Ach, da habe ich ja einen Fehler gemacht . . . ich habe Jessica mit k geschrieben, einen Augenblick, ich mache eine neue Karte . . .", und schon war sie weg.

Frau von Waldenburg sah ihr nach, schüttelte den Kopf.

„Ein merkwürdiges Mädchen", sagte sie, irgendwie mehr zu sich selbst als zu mir.

„Frau von Waldenburg", sagte ich, „Sie haben mich einmal gebeten, lieb zu Xenia zu sein. Ich wollte Ihnen nur sagen, daß ich es nicht vergessen habe, aber es ist so furchtbar schwer. Xenia schließt sich ganz in sich ein, ich ahne nicht, was in ihr vorgeht, und sie spricht ja kaum. Dabei *möchte* ich wirklich gern lieb zu ihr sein."

„Ich weiß, daß es schwer ist, Heidi", nickte Frau von Waldenburg. „Ich empfinde ja genau dasselbe wie Sie. Aber früher oder später wird sich bestimmt eine Gelegenheit ergeben, Xenia zu zeigen, daß wir es gut mit ihr meinen, und eine solche Gelegenheit wollen wir wahrnehmen."

Ich nickte eifrig. „Ja, das wollen wir!"

„Xenia hat es bis jetzt sehr schwer gehabt im Leben", sagte Frau von Waldenburg. Mehr sagte sie nicht, sondern widmete sich der duftenden Wildsoße auf dem Herd.

Die Gäste waren da.

„Machen Sie auf, Heidi!" rief Frau von Waldenburg, als es klingelte.

Ein schlankes, dunkelhaariges Mädchen, was sage ich, eine dunkelhaarige junge Frau war die erste, die eintrat.

„Hallo, Sie sind bestimmt Heidi? Ich bin Jessica. Furchtbar nett, Sie kennenzulernen. Ich kenne ja schon Ihre beiden . . . ja wie ist es nun, sind Sonja und Senta nicht Ihre Tanten?"

„Ach, du bringst alles durcheinander, Jessica!" erklang nun eine muntere Stimme, und der nächste Gast kam zum Vorschein. „Tag, Heidi, ich bin Reni, und ich weiß sehr gut, daß Sonja und Senta Ihre Nichten sind! Übrigens, Sie sind ja jetzt Großtante von Zwillingen geworden! Ich gratuliere!"

Eine kräftige kleine Hand drückte die meine, ein Paar blaue Augen in einem sommersprossigen Gesicht, von roten Locken umgeben, strahlten mir entgegen.

Dann kamen die beiden Ehemänner, Manfred Ingwart und Falko Eichner zum Vorschein, und Frau von Waldenburg erschien in der Küchentür in ihrer weißen Schürze.

„Kinder, wie schön, euch zu sehen, geht mal rein, ich komme gleich ... ihr kennt euch schon, das ist fein, ach, da haben wir ja Xenia ...“

Sie kam die Treppe runter. Ihre brausenden roten Haare waren sorgfältig gekämmt, und sie trug einen leuchtend grünen Pulli, den ich nie gesehen hatte. Er stand ihr großartig. Zum erstenmal sah ich, daß Xenia hübsch war.

„Xenia, du siehst aber blendend aus!“ rief Jessica. „Geht es dir gut? Bist du zufrieden mit der Pension, die ich dir vermittelt habe?“

„Zufrieden ist gar kein Wort“, antwortete Xenia und reichte Jessica die Hand. „Ich habe es nie so gut gehabt wie jetzt!“

„Siehst du, eine solche Patentante habe ich!“ lächelte Jessica. „Tante Christiane, soll ich dir nicht helfen?“

„Gar nicht“, erklang es aus der Küche. „Nur rein mit euch!“

Denise war anscheinend in der Küche. Reni und ihr Mann hatten tausend Dinge zu fragen. Sie hatten ja Sonja und Heiko in Afrika besucht und eine herzliche Freundschaft mit ihnen geschlossen. Jetzt wollten sie wissen, wie es den Zwillingen ging und ob die Familie in England bleiben sollte und ob und ob und ob ... und während ich alles erzähle, was ich wußte, unterhielten Jessica und ihr Falko sich mit Xenia.

Irgend etwas war mit Xenia geschehen. Sie sah wie gesagt erstens großartig aus, und dann hatte sie einen neuen Gesichtsausdruck. War es das Lob über die Zeichnungen, oder war es das Zusammentreffen mit ihrer alten Bekannten Jessica, das die Änderung herbeigeführt hatte? Tatsache war, daß sie ein paarmal wirklich lächelte, und sie sprach auch mehr als sonst.

Einmal sah ich, daß Jessica ihre Hand über Xenias legte und ich hörte sie leise sagen: „Ich freue mich so für dich, Xenia!“

Dann wurde zu Tisch gebeten.

„Tante Christiane, ich habe einen Mordshunger!“ rief Manfred Ingwart. „Meine Mutter war heute in der Stadt, und meine Angetraute sollte kochen – und was hat sie gekocht? Kaffee und zwei Eier! Das müßte genügen, wenn wir heute abend zu dir eingeladen wären, behauptete sie!"

„Aber Manfred, so war es doch immer, als wir Studentinnen waren!" rief Jessica. „Donnerstags gab es doch nie ein Mittagessen! Wir hatten einen Kohldampf, wenn wir hier eintrudelten, weißt du noch, Tante Christiane?"

„Und ob ich das weiß! Ach Kinder, es war ja so schön, euch zu bekochen und zuzusehen, wie es euch schmeckte!"

„Dann mußt du ja jetzt in einem wahren Glücksrausch leben, wo du jeden Tag hungrige Studentinnen bekochen kannst!" lächelte Falko. „Wie ist es . . .", er sah uns drei der Reihe nach an, „kriegt ihr nun auch was Anständiges zu essen?"

„Und ob!" riefen wir im Chor.

„Und was sagst du, Tante Christiane?" fragte Reni. „Essen die Mädchen auch brav alles, was auf den Tisch kommt?"

„Bis jetzt ja! Allerdings habe ich Milchsuppe vermieden, ich weiß nämlich, daß Denise dann Zustände kriegen würde! Übrigens, da fällt mir ein – ich habe ja ganz vergessen, die beiden anderen zu fragen, ob es etwas gibt, was sie nicht essen!"

„Bist du aber eine schlechte Pensionatswirtin!" lachte Jessica. „Also, schnell, raus mit der Sprache, selbst esse ich sehr ungern Tomaten, und Reni hat eine ausgeprägte Abneigung gegen Blutwurst. Wie ist es mit Ihnen, Heidi?"

„Oh, ich esse eigentlich alles, das mußte ich schon als Kind. Das einzige wäre vielleicht Fenchelgemüse."

„Da haben Sie Glück, das mag ich selbst nämlich auch nicht!" sagte Frau von Waldenburg. „Und Sie, Xenia? Gibt es etwas, was Sie nicht essen?"

„Kalbfleisch", antwortete Xenia.

„Was? Kalbfleisch? Das ist doch was Wunderbares! Mögen Sie das wirklich nicht?" Es war Reni, die fragte.

„Ich habe nicht gesagt, daß ich es nicht mag. Ich sagte, daß ich es nicht esse." Xenia sprach leise, aber sehr deutlich.

„Schade", sagte Frau von Waldenburg. „Ich kriege ab und zu schönes Kalbfleisch von meinem Sohn. Richtiges, gesundes Fleisch, ohne Antibiotika, von gesunden Tieren . . ."

Xenia sah sie aufmerksam an.

„Meinen Sie, daß die Kälber auf die Weide gehen?"

„Und ob sie das tun! Den ganzen Sommer!"

„Und im Winter?"

„Da sind sie natürlich im Kuhstall. In schönen, geräumigen Boxen, mit viel Licht und Luft. Wißt ihr, Kinder, ihr müßt einmal an einem Sonntag mit mir zu meinem Sohn fahren. Es ist ein schöner Besitz, nicht wahr, Denise? Und wenn Sie Tiere gern haben . . ."

Hier unterbrach das einzige vorhandene Tier sein Frauchen. Bicky hatte sich mit den Gäste-Mitbringseln – zwei Würstchen – ins Körbchen zurückgezogen, aber jetzt wurde ihr wohl der Bratendurft zu interessant, und sie kratzte energisch an Frauchens Knie. Mit Erfolg, nebenbei gesagt.

Manfred Ingwarts Blick ruhte auf Xenia, und dann sprach er sie an.

„Sie dachten vielleicht an die Massentierhaltung, als Sie das Kalbfleisch ablehnten?" fragte er.

„Ja", sagte Xenia. Sie schluckte, dann fuhr sie fort: „Ich habe einen solchen Stall gesehen. Mit Hunderten von Tieren. In so engen Boxen, daß sie sich buchstäblich nicht rühren konnten. Sie hatten kein Streu in den Boxen, das Streu, das sie so dringend gebraucht hätten, wurde verbrannt, weil man nicht wußte, wohin damit. Sie bekamen nur flüssiges Futter durch einen Schnuller, und sie tranken und tranken, weil sie bei der Hitze immer Durst hatten. Wie war es heiß drinnen – und dunkel . . ." Hier versagte Xenias Stimme und sie schluckte wieder.

„Meine Mutter sagt dasselbe wie Sie“, erzählte Manfred. „Sie hat diese Tierquälerei im Fernsehen gesehen, und seitdem kommt kein Kalbfleisch in unser Haus.“

„Bei Manfred und Reni ist es nämlich die gute Mutter, die kocht!“ rief Jessica. „Und das ist Manfreds Glück.“

„Und meins!“ ergänzte Reni. „Wenn Muttchen eines Tages streiken würde, dann müßten wir . . .“

„. . . zu uns kommen“, schlug Falko vor. „Was man sonst über mein Eheweib sagen kann – kochen kann sie!“

„Aber eins tu ich doch!“ verteidigte sich Reni. „Ich fahre jede Woche aufs Land und hole ‚glückliche Eier‘!“

Da lächelte Xenia wieder.

„Meinen Sie damit Eier von glücklichen Hühnern? Also von frei gehaltenen Hühnern?“

„Erraten! Es ist furchtbar weit zu fahren, aber ich tu es gern!“

„Hier im Haus essen wir auch nur ‚glückliche Eier‘“, sagte Denise eifrig. „Vom Gut. Als ich da war, ging ich jeden Morgen und sammelte die Eier aus den Nistkästen, das war die lustigste Arbeit des Tages!“

„Also können Sie mit gutem Gewissen Ihr Sonntagsei essen“, sagte Frau von Waldenburg und nickte Xenia freundlich zu.

„Ich weiß es“, antwortete Xenia. „Ich sah es gleich an dem ersten Sonntag bei Ihnen. So braune Eier mit einer so festen Schale kriegt man nicht von Batteriehühnern.“

„Hätten Sie das Sonntagsei abgelehnt, wenn es ein Batterieei gewesen wäre?“ fragte Manfred.

„Ja“, sagte Xenia. „Ich habe auch Batteriehühner gesehen.“

„Mein Respekt! Die meisten Leute finden auch die Batteriehaltung und die Kälberhaltung grausam, aber sie zucken eben die Schultern und sagen ‚ja was sollen wir machen‘, und dabei bleibt es!“

Es war wieder Manfred, der sprach.

„Es ist auch grausam“, sagte Jessica. „Aber wir begehen so furchtbar viel Grausamkeiten! Wir essen lebendig gekochte Hummern und Krebse, wir essen lebendig gehäutete Aale . . ."

„Nicht wir!" rief ich. „Meine Nichte . . . ich meine, die Schwägerin von Sonja und Senta, hat uns gelehrt, wie man Hummer und Krebse und Aale tötet! Sie hat es von einem alten Fischer gelernt."

„Und sie kann es wirklich? Selbst, eigenhändig Tiere töten?" fragte Reni.

„Ja, sie kann es, gerade weil sie eine Tierfreundin ist! Sie tut es ja, um den Tieren einen viel größeren Schmerz zu ersparen."

„Ich lehne es auch ab, Tiere lebendig zu kochen", sagte Frau von Waldenburg. „Und trotzdem: So scheußlich wie es auch ist, ich finde die Kälberhaltung und die Batteriehühnerhaltung schlimmer."

„Ist sie auch", sagte Xenia. „Die Hummer und Krebse und Aale leiden furchtbar durch eine so bestialische Tötungsart, aber es geht ja ziemlich schnell. Aber die Kälber und die Hühner – für die ist das ganze Leben, jeden Tag und jede Stunde eine Folterung!"

Es entstand eine kleine Pause. Dann sagte Jessica: „Reni, gibst du mir bitte die Adresse von deinem Eierlieferanten?"

Nach dem Essen ging es lustig zu. Wir bildeten eine lange Kette vom Eßtisch, durch die Küchentür zum Geschirrspüler. Da stand Frau von Waldenburg und räumte das gebrauchte Geschirr ein, das ihr von Hand zu Hand vom Tisch zugeschickt wurde. Am Küchentisch stand Denise und kratzte Reste in Kühlschrankbehälter. So dauerte es nur wenige Minuten, bis der Tisch ab- und die Küche aufgeräumt war.

„So machen wir es immer", erklärte Reni.

Ich nickte. „Ich kenne es von zu Hause! Nur mit dem Unterschied, daß wir keinen Geschirrspüler haben!"

„Aber dafür achtzehn fleißige Hände", schmunzelte Frau von Waldenburg.

„Nein, zwei, nämlich die meiner Mutter! Die übrigen Hände, die der Reihe nach zugreifen mußten, waren leider Gottes nicht immer allzu eifrig", gestand ich.

„Achtzehn Hände", rechnete Jessica. „Neun Personen – sind Sie sieben Geschwister?"

„Acht! Die Hände meines Vaters werden nicht mitgerechnet, wenn es um Abwaschen geht. Sonst sind die auch fleißig genug! Also zwei willige Mutterhände und sechzehn nicht ganz so willige Kinderhände."

Wir hatten uns im Wohnzimmer niedergelassen, und Frau von Waldenburg brachte Kaffee und Likör.

„Wem von euch darf ich nichts einschenken?" fragte sie die Gäste.

„Mir!" seufzte Reni. „Wir sind alle in meinem Wagen gekommen, damit nur einer von uns Abstinenzler sein muß. Manfred und ich haben geknobelt, und das Untier hat natürlich gewonnen!"

„Na, das nächste Mal kommt ihr dann in Falkos und Jessicas Wagen", tröstete Frau von Waldenburg.

„Von wegen! Du vergißt, daß wir auf dem Lande wohnen! Wir können schon Falko und Jessica nach Hause bringen, aber wir können ihnen nicht zumuten, dreißig Extrakilometer mitten in der Nacht zu fahren! Nein, das nächste Mal bin ich mit meinem Wagen an der Reihe", meinte Manfred und leerte sein Glas, als wolle er gleich die Zuteilung intus bringen, auf die er das nächste Mal verzichten mußte.

Du meine Güte, dachte ich. Diese vier jungen Menschen haben zusammen drei Autos! Und meine Eltern haben nie in ihren wildesten Phantasien jemals daran gedacht, einen Wagen sich anzuschaffen. Nun, ich wußte natürlich, daß ein vernünftiger Mittelklassewagen längst kein Luxus mehr ist, und ich wußte, daß der Begriff „Zweitwagen" in Deutschland was Alltägliches geworden ist – aber doch . . .

Mein Blick traf zufällig Xenia. Plötzlich hatte ich das Gefühl, daß sie genau dasselbe dachte wie ich.

„Wartet nur ab!“ sagte ich. „Wenn Xenia Lehrerin geworden ist und ich Zahnärztin, dann werden wir genauso feine Wagen haben wie Ihr!“

Reni lachte laut.

„Fein ist das richtige Wort! Manfred und ich haben je einen alten VW, Vertreterwagen vom Werk meines Vaters. Und Falkos und Jessicas Auto ist selbstgebastelt und sieht danach aus!“

„Kein häßliches Wort über unseren Wunderwagen!“ protestierte Jessica. „Den hat Falko im Schweiße seines Angesichtes gebaut, um mir eine Freude zu machen! Zugegeben, er sieht etwas selbstgestrickt aus, aber er läuft wunderbar, und ich liebe ihn!“

„Falko oder den Wagen?“ fragte Frau von Waldenburg.

„Rate mal“, schmunzelte Jessica. „Übrigens ist unser Wagen geräumiger als dein Puppenwagen, Tante Christiane!“

„Bestimmt! Mein Puppenwagen ist ja auch nur für Bicky und mich angeschafft, er ist mein Einkaufsnetz sozusagen, und ich kann damit parken, wo die dicken Brummer sich unmöglich reinzwängen können.“

„Also sind wir alle in puncto Autos sehr bescheiden“, stellte Falko fest.

„Reni, erzähl nun endlich, wie es eurem Goldstück geht“, sagte Frau von Waldenburg. „Was für Schandtaten hat sie in der letzten Zeit gemacht?“

„Keine, die erwähnenswert sind“, versicherte Reni. „Nun ja, sie hat ein paar Seiten von meiner Doktorarbeit mit ihren persönlichen Kunstwerken dekoriert, mit dem ganzen Inhalt ihrer Farbstiftschachtel – ja und dann hat sie den Schlüssel von Muttchens Kleiderschrank entführt, so daß die arme Omi vier Tage nicht an ihre Garderobe konnte, bis wir endlich den Schlüssel im Puppenbett fanden!“

„Und während ihr nun hier seid, entführt sie womöglich den Schlüssel zum Wäscheschrank“, meinte Jessica.

„O nein, das tut sie nicht. Wir haben ihr erklärt, daß sie das nicht darf, und das begreift sie."

„Wie alt ist das Wunderkind?" fragte ich.

„Sie wird in wenigen Tagen drei. Am neunundzwanzigsten November, wenn Sie es genau wissen wollen. Sie fragt schon jeden Tag ‚hab ich heut Geburtstag?' und erinnert uns sehr klar und unmißverständlich daran, daß sie sich ein Dreirad wünscht. Es steht schon im Keller hinter Schloß und Riegel!"

„Ihr seid also nicht so modern, daß ihr dem Kind nichts verbietet?" fragte Falko.

„Um Gottes willen!" rief Manfred. „Ein kleines Kind muß so schrecklich viel lernen, die ersten Lebensjahre bestehen ja nur aus Lernen – essen lernen, laufen lernen, aufs Töpfchen gehen lernen – und später, daß es über die Straße nicht bei rotem Licht gehen, und keine fremden Hunde streicheln darf, und nicht über die Straße gehen soll, ohne rechts und links zu gucken. Es ist etwas Selbstverständliches für ein Kind, zu lernen, daß es Dinge gibt, die man nicht darf, Dinge, die kein Mensch darf – es wäre noch schöner, wenn man dem Kind dieses notwendige Wissen vorenthalten würde! Wenn es das alles kennt, fällt es ihm später auch viel leichter, sich nach den geschriebenen und ungeschriebenen Gesetzen der Erwachsenen zu richten!"

„Und ihr meint nicht, daß das Kind dadurch gehemmt wird . . ." Falko kam nicht weiter, denn Reni unterbrach ihn.

„Von wegen gehemmt! Unser Gretchen ist das fröhlichste, ungehemmteste Kind auf der Welt, und sie nimmt die notwendigen Verbote genauso selbstverständlich hin wie das Spielen und unsere Liebkosungen und überhaupt all das Schöne, was ihr das Leben so bietet. Ein Kind hat doch das Recht dazu, erzogen zu werden! Und zwar zu einem guten Mitglied einer demokratischen Gesellschaft!"

„Genau das sagt mein Vater auch!" rief ich. „Meine Eltern haben uns so erzogen! Natürlich gab es Verbote, das nahmen wir als selbstverständlich hin, wir wußten ja, daß es eine Menge Dinge gibt, die die Erwachsenen auch nicht dürfen! Und vor allem: Wir lernten zu lernen, ja das klingt bestimmt komisch, aber es stimmt!"

„Das ist gar nicht komisch", warf Frau von Waldenburg ein. „Es ist vollkommen richtig ausgedrückt!"

„Ja, wir lernten, daß die große Welt voll merkwürdiger Dinge ist, Dinge, die wir kennenlernen mußten! Wir wußten, daß wir jederzeit die Eltern fragen konnten. Sie hatten immer Zeit für uns!"

„Das ist eine Leistung, wenn man acht Kinder hat!" rief Falko. „Meinen Respekt!"

„Wissen Sie, Mutti sagte manchmal: ‚Daß der Staub liegenbleibt ist nicht so schlimm, als ein Kind mit einer unbeantworteten Frage wegzuschicken.' Das gab uns ein Gefühl von Geborgenheit, eine Sicherheit – wenn wir etwas fragten, bekamen wir eine richtige Antwort, und dann nahmen wir es auch als selbstverständlich hin, wenn die Eltern uns, ohne daß wir gefragt hatten, etwas erklärten, verboten oder auferlegten."

„Was, zum Beispiel?" fragte Xenia.

„Nun ja – gewöhnliche Höflichkeitsformen, zum Beispiel – uns bedanken, wenn wir etwas bekamen, aufzustehen, wenn eine ältere Person das Zimmer betrat – nun ja, eben diese Kleinigkeiten, die man ja früher oder später lernen muß!"

Jessica nickte.

„Die Kleinigkeiten, die einem das Leben so viel leichter machen", sagte sie. „Kleinigkeiten, die einem dazu verhelfen, beliebt zu werden, Kontakt mit Menschen zu bekommen. Sie haben kluge Eltern, Heidi!"

„Ich habe vor allem sehr liebevolle Eltern!" nickte ich.

Manfred wollte etwas sagen, aber er kam nicht dazu. Denn Jessica wechselte plötzlich das Gesprächsthema. Sie saß neben Xenia, nun wandte sie sich lächelnd zu ihr: „Xenia, deine Pudelkarten sind ja Klasse! Nun sag bloß, wo du Zeichnen gelernt hast!"

„Na, in der Schule."

„Ja, vielen Dank, das habe ich auch, und ich zeichne ungefähr so gut wie Renis Gretchen! Du mußt ein phantastisches, angeborenes Talent haben!"

„Ach, das bißchen Kritzeln ..."

„Von wegen Kritzeln! Weißt du, du müßtest eigentlich diese Fähigkeit geldeinbringend nutzen – Weihnachtskarten zeichnen, zum Beispiel – und Tischkarten und Glückwünschkarten und so was."

„Daran habe ich nie gedacht."

„Dann fang jetzt an zu denken!"

„Vorläufig denke ich nur daran, mein Examen zu machen, das ist das wichtigste!"

Es lag irgendwie etwas abschließendes in Xenias Tonfall, als ob sie nicht mehr über ihre Zeichenkünste sprechen wollte.

„Tante Christiane!" rief Reni quer durch das Zimmer. „Wie geht es Tante Isa? Hast du neulich von ihr gehört?"

„O ja, vor zwei Tagen. Ich soll euch alle herzlichst grüßen. Es scheint ihr wunderbar zu gehen, sie ist verliebt wie ein Teenager. Na, ich werde bald mehr erzählen können, das liebe Mädchen hat mich zu Weihnachten eingeladen!"

„Das ist ja prima! Mit Köter?"

„Klar! Du denkst wohl, daß ich Bicky in einen Zwinger gebe? Wir beide fahren los, sobald ..."

„... du deine lästigen Pensionäre los bist!" unterbrach Reni.

„Ich wollte sagen, sobald meine drei lieben Mädchen nach Hause gefahren sind", lächelte Frau von Waldenburg. „Also spätestens am 23. Dezember. Isa behauptet, daß sie kochen gelernt hat, und ich soll zehn Tage Küchenurlaub haben."

„Denkste!" schmunzelte Falko. „Wir kennen dich, Tante Christiane, du läßt dich bestimmt nicht von der Küche fernhalten!"

„Kinder!" rief Reni. „Wißt ihr, wie spät es ist? Wir müssen nach

Hause zu Mutter und Tochter und Kater, außerdem haben wir ja die liebe Pflicht, Jessica und Falko nach Hause zu bringen!"

Es wurde aufgebrochen und mit viel Hallo und vielen scherzhaften Worten Abschied genommen.

Ich mußte mich gewaltig zusammennehmen, damit die anderen nicht verstanden, daß ich direkt einen Schock bekommen hatte.

Frau von Waldenburg betrachtete es als eine Selbstverständlichkeit, daß wir zu Weihnachten nach Hause fuhren.

Und meine Eltern, meine ganze Familie und ich selbst betrachteten es als eine genauso große Selbstverständlichkeit, daß ich Weihnachten hier verbringen würde!

Das viele Geld für eine Extrareise nach Norwegen, mitten im Semester – das war gar nicht drin!

Was in aller Welt sollte ich tun?

Ich mußte vor allem den Eltern schreiben, und zwar gleich morgen!

Die Gäste verschwanden in Renis Wagen, Türen knallten, es wurde gewinkt, und Reni gab Gas.

„Mensch, war das ein gemütlicher Abend!" rief Denise. „Und ich bin so satt, daß ich vierzehn Tage nichts essen kann!"

„Darüber werden wir morgen am Frühstückstisch sprechen", sagte Frau von Waldenburg mit einem verschmitzten Lächeln. „Aber nun husch, husch ins Körbchen, alle drei, es ist furchtbar spät geworden, und ihr müßt morgen arbeiten."

„Wir wollen Ihnen noch schnell mit dem Aufräumen helfen!" sagte ich.

„Ich will euch nicht sehen! Ich werde euch etwas anvertrauen: Immer wenn die Gäste weg sind, setze ich mich in meinen Sessel, trinke eine einsame Tasse Kaffee und freue mich in aller Stille über den schönen Abend! Mein Mann und meine Kinder haben immer diese seltsame Angewohnheit respektiert, später auch Isa. Die Kinder nannten es immer ‚Muttis Abendandacht'!"

„Ja, wenn es so ist", meinte ich. „Dann werden wir es auch respektieren! Nicht wahr?"

Die beiden anderen nickten.

„Dann also tausend Dank für diesen entzückenden Abend", sagte ich und reichte Frau von Waldenburg die Hand. „Wir haben es so phantastisch gut bei Ihnen – noch viel besser als Ihre Donnerstagsstudentinnen. Denn für uns ist ja jeder Tag Donnerstag!"

„Genau!" rief Denise. Dann schlug sie plötzlich die Arme um Frau von Waldenburgs Hals, und es rutschten ihr ein paar begeisterte französische Sätze aus. Die Begeisterung hörte ich aus dem Tonfall, die Worte konnte ich beim besten Willen nicht verstehen.

„Gute Nacht, Frau von Waldenburg", sagte Xenia leise. „Ich finde, daß Heidi recht hat. Für uns ist jeder Tag Donnerstag!"

Ein Unglück kommt selten allein

Ich konnte nicht schlafen.

Was in aller Welt sollte ich tun? Ja, wenn ich nach Hause schriebe, dann würde schon meine große Familie einen Ausweg finden. Vielleicht würden Beate und ihr Mann einspringen und mir das Geld für die Weihnachtsreise schenken. Aber der Gedanke gefiel mir gar nicht. Sie hatten mir schon so viel geschenkt, und Onkel Doktor hatte große Verpflichtungen und viele Ausgaben. Und meine Eltern? Vati hatte sechs Kindern zu einer Ausbildung verholfen, Nummer sieben – mein Bruder Olav – war noch nicht fertig mit seinem Studium, und ich, die Jüngste, hatte erst recht den Eltern Probleme verschafft dadurch, daß ich im Ausland studierte – in einem Land mit einer so teuren Währung!

Überhaupt, jemanden um Geld zu bitten! Der Gedanke war mir, gelinde gesagt, unsympathisch!

Aber – wenn ich nun selbst etwas Geld verdienen könnte! Gleich morgen wollte ich die Anschlagtafel an der Uni studieren. Und die Zeitungsinserate!

Der Gedanke beruhigte mich etwas. Vielleicht würde sich doch ein Ausweg finden.

Dann schlief ich endlich ein. Und wachte viel zu spät auf. Zu spät, um meine Morgenwanderung über die Weiße Brücke zu machen, geschweige denn, mein tägliches Brückenfegen zu besorgen! Ich rannte zum Bus „mit der Zunge auf dem dritten Mantelknopf", wie meine Brüder sagen.

Auf der Anschlagtafel fand ich außer „Babysitter gesucht" nichts, was für mich in Frage kommen konnte. Also ging ich zu der babysittersuchenden Dame und kam zu spät. Das Baby war mir von einer anderen Studentin weggeschnappt.

Als ich nach Hause kam, lag Post für mich auf der Konsole im Flur. Für Denise auch. Wir beide bekamen regelmäßig Briefe von zu Hause.

Für Xenia lag nie etwas auf der Konsole.

Ich rannte nach oben, hatte wohl gerade Zeit, den Brief zu lesen, bevor wir zu Tisch gerufen wurden.

Mein liebes Heidilein!

Innigen Dank für Deinen Brief. Du kannst Dir denken, wie wir uns darüber freuen, daß es Dir so gut geht, daß Du im Deutschen Fortschritte machst, fleißig lernst, in den Vorlesungen gut mitkommst - und daß Du ein so reizendes Zuhause hast! Frau von Waldenburg muß ein ganz außergewöhnlicher Mensch sein. Wenn ich bloß wüßte, wie wir uns bei ihr jemals bedanken könnten! Vorläufig mußt Du sie sehr, sehr herzlich grüßen.

Aber augenblicklich haben wir andere Gedanken im Kopf. Ja, hier ist etwas geschehen, was uns etliche Probleme verschafft.

Olav wird heiraten - müssen! Natürlich war das nicht geplant, es ist ein sogenannter "Unfall", obwohl ich es nie als einen Unfall betrachten kann, daß ein Kind auf die Welt kommt. Ganz besonders, wenn es sich um unser Enkelkind handelt!

Nun ist es aber so, daß seine kleine Tanja ganz allein auf der Welt ist. Ihre Eltern sind tot, sie hat keine Geschwister, nur zwei ältere Tanten die dasitzen und jammern, weil ihre Nichte so einen Skandal über die Familie bringt. Blödsinn! Skandal hin, Skandal her, Olav liebt sie und sie liebt ihn, und ihr Kind soll willkommen sein. Mit anderen Worten: Bis Olav sein Examen gemacht hat, wird Tanja bei uns bleiben, soll sich geborgen fühlen, sie soll sich auf ihr Kind freuen dürfen! Herrgott, wenn ich daran denke, wie glücklich ich war, als ich Beate erwartete, und was für ein Glück es jedesmal war, wenn ich ein gesundes, neugeborenes Kind in den Armen hatte! Dann sollte meine kleine Schwiegertochter allein und ratlos dastehen? Nicht solange wir ein Haus haben!

In einem halben Jahr ist Olav ja mit der Ausbildung fertig und kann dann sofort hier in Tjeldsund eine Stellung antreten. Dann verdient er genug, um Frau und Kind zu versorgen, und sie werden die erste Zeit mietfrei bei uns wohnen. Also sieht es gar nicht so schlimm aus. Nur das erste halbe Jahr wird für uns finanziell anstrengend, aber wir werden es schon schaffen! Tanja wird mir im Haushalt helfen, und ich - höre und staune - werde berufstätig! Zum erstenmal in meinem Leben! Ich bin ganz stolz bei dem Gedanken, daß ich freitags eine Lohntüte nach Hause bringen werde!

Na, jetzt möchtest Du wissen, wer in aller Welt Deine alte Mutter beschäftigen kann. Ich werde es Dir verraten: Ich werde jeden Vormittag, vier Stunden - Butterbrote machen! Und zwar feine Partybrote, nach dem allerbesten dänischen "Smörrebröd-Muster". Nämlich in Fräulein Martinsens "Butterbrotzentrale". Welch Glück, daß ich in einem Land wohne, wo Butterbrote ganz großgeschrieben werden! Frl. Martinsen hat einen gewaltigen Umsatz. Sie liefert nicht nur für Partys, sondern sie verkauft auch fertige Butterbrotpakete für den Ausflugs-Freßkorb oder für Büroleute und Schulkinder, die ihre Schulbrote vergessen haben - na ja, und so allerlei. Und diese Arbeit - das ist doch etwas was ich kann! Wieviel tausend Butterbrote, glaubst Du, habe ich in meinem Leben gemacht?

Ich fange am Montag an und freue mich riesig darauf. Vati hat natürlich protestiert, aber ich habe ihn zur Vernunft gebracht! Es bedeutet für mich nichts weiter, als eine Stunde eher aufzustehen und nachmittags ein bißchen konzentrierter arbeiten. Jetzt, wo wir nur zu zweit sind, habe ich doch das Gefühl, daß ich nur Daumen drehe. Wenn dann Tanja kommt und mir einen Teil der Hausarbeit abnimmt - es wird spielend gehen! Ich werde eisern sparen, denn wenn das Kindchen kommt, werden wir ja Geld brauchen. Der kleine Racker hat sich schon für Mitte März angemeldet! Der einzige Vorwurf den ich Olav und Tanja mache ist der, daß sie nicht eher Bescheid gesagt haben. Solche Schafsköpfe!
Also, sie werden am 5. Dezember getraut. Dann hat Tanja ihre Bürostellung in Bergen zum 15. Dezember gekündigt. Zu Weihnachten kommen sie hierher... und wie wir uns freuen! Und wenn Olav dann kurz nach Neujahr zurückfährt, bleibt Tanja bei uns. Natürlich wird es uns etwas Geld kosten, aber ehrlich gesagt, ich freue mich! Es ist scheußlich leer jetzt, wo Ihr alle aus dem Haus seid. Es wird so schön sein, wieder einen jungen Menschen hier zu haben. Tanja hat uns ge-

schrieben, einen ganz entzückenden Brief, so voll Dankbarkeit!

Ja, Heidilein, so ist also die Situation bei uns. Nun sollst Du Dir über unsere Geldprobleme keine grauen Haare wachsen lassen (sie würden Dir auch nicht stehen!). Wir werden alles schaffen! Du ahnst ja nicht, wie liebevoll ich die Partyschnitten streichen werde! Und Dein Geld für die ersten vier Semester ist schon auf die hohe Kante gelegt, die werden nicht angerührt.

Natürlich wäre es schön, wenn wir zur Trauung nach Bergen fahren könnten... "Hochzeit" kann ich ja nicht sagen, sie lassen sich in aller Stille trauen. Nun ja, wir wären gern dabeigewesen, aber die Reise Tjeldsund - Bergen für zwei Personen, und eine Nacht im Hotel, das wäre uns zu teuer.

Senta ist schon dabei, all die Babysachen von ihrem Sprößling zusammenzuklauben. Und ich bin beim ersten Strampelhöschen für das Kleine. Dabei werde ich ganz sentimental!

Noch eins, mein Mädchen. Du wirst verstehen, daß wir bei unserer Sparpolitik auch in puncto Weihnachtsgeschenke vorsichtig sein müssen. Außerdem ist das Paketporto unwahrscheinlich teuer geworden. Beate will Dir unbedingt ein Paket schicken, aber ich glaube, daß wir es anders machen. Ist es Dir recht, wenn Du von uns nur eine ganz kleine Überweisung bekommst? Das wird viel billiger als Paketschicken, und Geld brauchst Du ganz bestimmt! Dazu kriegst Du einen Weihnachtsbrief ganz, ganz voll Liebe!

Weißt Du, ich bin so froh, daß wir dieses Problem nun schaffen können - ich meine also das mit Tanja und dem Kindchen - ich bin glücklich über die Arbeit die ich bekomme und das Geld, das ich verdienen werde. Ich bin froh, weil wir alle gesund sind, weil wir uns verstehen und liebhaben.

Ich bin glücklich, weil mein geliebtes Nesthäkchen ein so großes, tüchtiges Mädchen geworden ist, das im Ausland in einer fremden Sprache studiert und seinen Weg macht.

Nun grüße die gesegnete Frau von Waldenburg. Ob sie eigentlich selbst weiß, wieviel sie für Dich und uns tut?

Vati grüßt natürlich sehr herzlich. Er ist dabei, das Zimmer der Jungen zu streichen. Das werden wir für Tanja einrichten.

Eine ganz liebe Umarmung, mein Heidilein, von

Deine Mutti

„Heidi! Wo bleiben Sie? Das Essen wird kalt!"

Ich rannte runter.

„Entschuldigen Sie vielmals, Frau von Waldenburg – ich war so vertieft in einen Brief von Mutti – es waren so viele Neuigkeiten drin . . ."

„Hoffentlich gute!" lächelte Frau von Waldenburg und reichte mir die Kartoffelschüssel.

„O ja, eigentlich gut . . . mein Bruder wird heiraten müssen!" fügte ich hinzu.

„Nun ja, das kommt in den besten Familien vor", schmunzelte Frau von Waldenburg.

„Das meinen meine Eltern anscheinend auch", sagte ich. „Sie nehmen ihre Schwiegertochter auf, während mein Bruder sein letztes Semester absolviert. Mutti ist schon feste beim Strampelhöschenstricken! Und Vati beim Zimmereinrichten, es muß alles bis Weihnachten fertig sein."

„Ach, kommt Ihre Schwägerin zu Weihnachten? Wie nett, dann lernen Sie sie ja kennen ... oder kennen Sie sie schon?“ fragte Frau von Waldenburg.

Ich schluckte. In den letzten Minuten hatte ich gar nicht an mein unlösbares Weihnachtsferienproblem gedacht.

„Nein, ich kenne sie noch nicht. Es ist ein Mädchen aus Bergen, wo mein Bruder studiert.“

Xenia richtete den Blick auf mich. „Ist deine Mutter denn gar nicht unglücklich über diese ... diese Muß-Ehe?“

„Meine Mutter hat die Fähigkeit, die Dinge so zu nehmen, wie sie kommen und immer das Beste aus einer Situation zu machen“, erklärte ich. „Wenn es nun eine Tatsache ist, daß das Kind kommt, dann freut sie sich darauf! Und Vati auch!“

„Hätten sie sich auch auf ein uneheliches Kind gefreut?“ fragte Xenia. „Ich meine – wenn du oder eine deiner Schwestern – und die Betroffene hätte aus irgendeinem Grund nicht heiraten können?“

„Die Situation habe ich mir eigentlich nie vorgestellt“, antwortete ich. „Aber so wie ich meine Eltern kenne ... eins weiß ich jedenfalls, sie hätten ihrer Tochter geholfen, hätten sie nie im Stich gelassen, und das Kind hätten sie aufgenommen. Ob sie sich gefreut hätten – na, das wäre wohl zuviel verlangt ...“

„O doch!“ rief Denise. „Eine Freundin von mir bekam ein Kind, und zuerst waren die Eltern verzweifelt, aber als das Kind erst da war, dann – ja dann haben sie es furchtbar liebgehabt und haben es behalten, bis die Tochter eine Anstellung hatte und Geld verdiente und das Kind über Tag im Kindergarten war.“

Frau von Waldenburg lächelte ihr gutes, verständnisvolles Lächeln.

„Ja, das ist nun so was Merkwürdiges an einem kleinen, hilflosen, neugeborenen Kind“, sagte sie. „Wenn eine Großmutter es in den Armen hält, dann – ja dann liebt sie es eben, wenn es auch gar nicht geplant war und lauter Probleme schafft ...“

„Meinen Sie?" sagte Xenia. „Ach, was ich fragen wollte, einer der Klebehaken in unserem Waschraum hat sich gelockert, haben Sie vielleicht etwas Klebstoff?"

Es war deutlich, daß Xenia das Thema „uneheliches Kind" als beendet betrachtete.

Eins stand fest. Mutti und Vati um Reisegeld zu bitten käme nicht in Frage.

Wenn sie sich nicht einmal die kurze und gar nicht so teure Reise nach Bergen leisten konnten, zur Trauung ihres Sohnes, dann konnten sie auf keinen Fall die teure Reise von Kiel nach Tjeldsund bezahlen.

Oder sollte ich etwa das Geld verreisen, das meine sechzigjährige Mutter in der Butterbrotzentrale „zusammengeschmiert" hatte? Nein, tausendmal nein!

Ich dachte nach, bis mein Kopf weh tat. Ich kannte ja niemanden in Kiel, ich hatte keinen Menschen, den ich um Rat oder Hilfe bitten konnte.

Jessica? Reni? Nein, Reni nicht. Sie war die Tochter eines reichen Mannes, sie würde nicht verstehen, daß die lächerlichen zweihundert Mark eine Rolle spielen könnten. Aber Jessica . . . ja vielleicht. Oder . . . Bernhard? Vielleicht hätte er eine Idee, wie ich etwas Geld verdienen konnte.

Mitten in meinen Problemen platzte Denise in mein Zimmer. Sie vergaß immer anzuklopfen, was ich ihr übrigens durchaus nicht übelnahm.

Von zu Hause kannte ich es nicht anders, es würde uns ja im Traum nicht einfallen, bei den anderen anzuklopfen!

„Du, Heidi, ich habe eine Idee! Wollen wir Frau von Waldenburg gemeinsam ein Weihnachtsgeschenk basteln? Eins, das keinen Pfennig kostet?"

„Ja klar, aber wie schaffen wir das?"

„Ach, du hast doch gesehen, daß ihr Eierwärmer kaputt ist. Sonntag hatte sie doch die Frühstückseier in eine Serviette gepackt! Ich wollte ihr einen neuen machen, ich habe so viele kleine Stoffreste und Garnreste – und dann zeichnet Xenia ein paar süße kleine Hühnchen, und du stickst sie!"

Ich mußte lachen.

„Und du denkst, daß ich sticken kann! Das einzige, was ich jemals fertiggebracht habe, sind Kreuzstiche!"

„Merveilleux!" rief Denise. „Ich habe einen so schönen Stoff für Kreuzsticken, ein Rest von . . . na, ist egal, ich habe ihn jedenfalls, warte mal, ich hole ihn gleich . . ." Weg war sie.

Ich klopfte bei Xenia. Es dauerte einen Augenblick, bevor sie „herein" rief. Als ich das Zimmer betrat, sah ich, daß die Bettdecke eine Beule hatte, als ob etwas da schnell runtergeschoben worden wäre.

Ich erzählte von Denises Idee, und Xenia versprach, ein paar Hühnchen zu zeichnen, die man mit Kreuzstichen sticken könnte. Damit war die Audienz vorbei. Aber am gleichen Abend überreichte sie mir ein entzückendes Stickmuster.

„Das ist ja phantastisch, Xenia!" rief ich.

„Na, dann ist es ja gut", war die Antwort, und sie verschwand in ihrem Zimmer.

So saß ich am Abend und stickte und dachte, dachte und stickte.

Morgen wollte ich wieder über die Weiße Brücke gehen. Wenn ich Bernhard traf, wollte ich ihn fragen, ob er irgendeinen Job für eine Studentin wüßte – einen Nachmittags- oder Abendjob.

Es wurde nichts mit meinem Fragen. Ich traf allerdings Bernhard und Hasso, letzterer kannte mich jetzt so gut, daß er hochsprang, die Pfoten auf meine Schultern legte und einen Versuch machte, mein Gesicht zu lecken.

Aber Bernhard war anscheinend nicht in der Verfassung, daß er sich die Sorgen einer armen Studentin anhören konnte. Er war aufgekratzt und strahlend und teilte mir mit, daß sein Vater einen neuen Wagen gekauft habe und er, Bernhard, der einzige und teure Sohn, das alte Auto bekommen würde.

„Aber Sie haben doch eins", sagte ich.

„Ach, die olle Kiste, das ist ja nur eine Ente – jetzt kriege ich einen anständigen Opel! Sie müssen eine Probefahrt mit mir machen, Heidi, wenn bloß das Wetter besser wird."

Ja, heute regnete es, das Wetter war so trübe wie meine Laune. Unter anderen Umständen wäre ich hochbeglückt über die Aussicht auf eine Autofahrt mit Bernhard gewesen. Aber heute . . . heute, wo ich Probleme und lauter Probleme hatte . . .

Aber Bernhard sprach über Pferdestärken und Benzinverbrauch, Straßenlage und Spikes, und zuletzt mußte ich mich verabschieden und zum Bus rennen.

„Wenn ich den Wagen kriege, fahre ich Sie zur Uni!" rief Bernhard.

Ja, das klang ja verheißungsvoll, aber augenblicklich gab es andere Dinge, die ich dringender brauchte als Autofahrten.

Ich mußte mich enorm aufraffen, um bei den Vorlesungen aufmerksam zu sein. Ach, wie war es schwer, die Gedanken zusammenzuhalten!

Nicht, daß ich bis jetzt keine Probleme im Leben gehabt hätte. Aber ich hatte immer jemanden gehabt, den ich um Rat und Hilfe fragen konnte. Diesmal war ich so furchtbar allein. Ich konnte nicht mit Frau von Waldenburg reden, konnte nicht den Eltern darüber schreiben – ich wußte keinen Menschen, der mir helfen könnte.

Ja, das Gefühl des Alleinseins war das allerschlimmste.

Am Abend saß ich und stickte Hühnchen, und mein Herz war schwer wie Blei. Wie war ich allein! Denise war irgendwo mit einem Freund, und Xenia saß vermutlich genauso einsam wie ich in ihrem Zimmer. Wie wäre es nett gewesen, wenn sie zu mir gekommen wäre, wenn wir plaudern könnten. Ja, wer weiß, womöglich gegenseitig unsere Sorgen hätten auspacken können. Denn daß auch Xenia Sorgen hatte, davon war ich überzeugt. Ich wußte so erschreckend wenig über sie, so unglaublich wenig nach all diesen Wochen. Ich wußte, daß sie elternlos war, und ich verstand, daß sie es sehr schwer im Leben hatte – oder gehabt hatte. Frau von Waldenburg hatte mich gebeten, lieb zu Xenia zu sein. Nichts möchte ich lieber – aber wie kann man zu einem so schweigsamen, ja oft direkt abweisenden Menschen lieb sein!

Es fielen ein paar Tränen auf mein Kreuzstichhuhn. Dann nahm ich mich zusammen, hielt mir selbst eine Moralpredigt und schluckte den großen Klumpen, der in meinem Hals saß, herunter.

Nun hatte ich eins der vier Hühnchen fertig. Ich schnitt den Faden ab, glättete die Arbeit. Es sah wirklich reizend aus. Ach, ich wollte doch schnell Xenia zeigen, wie gut sie gezeichnet hatte und wie lustig die Stickerei aussah!

Also nichts wie rein zu ihr.

„Xenia, guck mal, wie ...", ich kam nicht weiter. Xenia schoß hoch vom Stuhl und verbarg etwas hinter ihrem Rücken.

„Du hast wohl nie gelernt, daß man anklopft, bevor man ein Zimmer betritt!" Ihre Stimme war wütend, und sie war flammend rot im Gesicht.

„Oh, entschuldige, Xenia ... ich wollte dir nur zeigen ... weißt du, bei uns zu Hause haben wir das Anklopfen nicht praktiziert, und dann vergesse ich manchmal ..."

„Bei euch zu Hause, bei euch zu Hause! Euer Zuhause hängt mir bald zum Hals raus! Wenn du so angibst mit deinem vorbildlichen Zuhause, könnte man jedenfalls erwarten, daß du ..."

„Habe ich *angegeben?*" Vor Entsetzen rief ich die Worte laut.

„Ja, ich nenne es angeben! So daß es einem davon übel werden könnte!"

Jetzt war ich wütend. Und schon wieder vergaß ich, daß man in einem solchen Falle bis zehn zählen soll, bevor man etwas sagt.

„Du bist also neidisch, weil du keinen Grund zum Angeben hast!" antwortete ich. Dann verschwand ich, und ich fürchte, daß ich die Tür nicht gerade leise hinter mir zumachte.

Es dauerte etwas, bis ich mich beruhigt hatte und nachdenken konnte.

Xenia war gemein zu mir gewesen, ohne Zweifel. Aber warum? Daß ich zu ihr ohne anzuklopfen reingeplatzt war, na, das war natürlich verkehrt. Aber du liebe Zeit, es war doch eine lächerliche Kleinigkeit! Nein, es muß tiefer stecken. Was hatte ich nun alles von zu Hause erzählt? Daß meine Eltern immer Zeit für uns hatten – daß sie uns in liebevoller Weise so allerlei beigebracht hatten – ja, und dann hatte ich von Olav und Tanja erzählt, von dem nicht geplanten Kindchen, worauf Mutti sich ehrlich freute. Aber das war doch kein „Angeben!"

Ich wußte nur eins über Xenia: Sie hatte es schwer gehabt. Vielleicht stimmte das, was ich ihr in Wut ins Gesicht geschleudert hatte: Sie war neidisch, weil sie keinen Grund zum Angeben hatte.

Arme Xenia. Wenn es so war, dann hatte ich sie furchtbar verletzt. Und das, nachdem ich versprochen hatte, lieb zu ihr zu sein!

Was sollte ich nun machen? Mich entschuldigen, ja, das mußte ich. Aber – wer hatte nun mit den Beleidigungen angefangen? Das war Xenia! Sie mußte das erste Wort sprechen, *sie* mußte versuchen, sich mit mir zu versöhnen. Wenn sie nun bloß den Mund aufmachen wollte, dann würde ich mich auch entschuldigen.

Aber Xenia machte den Mund nicht auf.

Es wurde spät. Ich hatte genug von dem Sticken. Ich wollte was anderes tun, ich wollte Muttis Brief beantworten. Wo hatte ich ihn bloß? Ich suchte auf meinem Schreibtisch, in der Handtasche, in der Collegemappe. Nirgends zu finden. Lieber Himmel, ich hatte ihn doch wohl nicht versehentlich in den Papierkorb geschmissen? In dem Fall . . . den Papierkorb hatte ich heute in die Mülltonne geleert ... also ganz schnell da suchen, morgen früh würden die Müllabfuhrleute kommen ...

Ich schlich nach unten mit der Taschenlampe in der Hand.

Du liebe Zeit, da hatte Frau von Waldenburg auch den Kücheneimer ausgekippt! Ich mußte mich durch eine Schicht von Kartoffelschalen, Kaffeegrund, Gemüseabfällen und so was durcharbeiten. Da kamen die Papiere, ich fand den Inhalt meines Papierkorbs, aber den Brief nicht. Es war ja auch sehr unwahrscheinlich, daß ich ihn weggeworfen hatte. Nein, er war nicht da. Jetzt tauchten die Abfälle auf, die vor zwei Tagen im Kücheneimer gelegen hatten. Ich wußte es genau, weil ich gesehen hatte, daß Frau von Waldenburg zwei hoffnungslos kaputte Strumpfhosen dazugelegt hatte. Und da waren sie. Sicherheitshalber wollte ich auch daruntergucken. Nanu – was war denn das? Die Strumpfhosen waren abgeschnitten, das Oberteil war weg, nur die Beine mit den Laufmaschen lagen noch da.

Da plötzlich fiel der Groschen bei mir. Es wurde mir bewußt, worauf mein Blick geruht hatte während des unerfreulichen Gesprächs mit Xenia. Sie hatte einen Bindfaden zwischen zwei Stühle gezogen, als eine Art Wäscheleine. Darauf hing, frisch gewaschen, so was Schlüpferähnliches ... und das, was sie blitzschnell hinter den Rücken versteckt hatte, war auch so was Braunes ... es hing eine Nadel runter, eine Nähnadel an einem braunen Faden.

Xenia hatte die alten Strumpfhosen aus dem Mülleimer geholt, den brauchbaren Teil abgeschnitten und gewaschen, und jetzt machte sie sich Schlüpfer daraus.

Deswegen war sie wütend gewesen! Ich durfte nicht sehen, daß sie die Kleidungsstücke anderer Menschen aus dem Mülleimer geholt hatte.

Arme Xenia. Arm im wahrsten Sinne des Wortes.

Ich empfand keine Spur von Wut mehr. Ich fühlte nur Mitleid, ein grenzenloses Mitleid mit ihr.

Ich stopfte all die Abfälle wieder fest in die Mülltonne und schlich lautlos nach oben.

Ich hatte mir vorgenommen, lieb zu Xenia zu sein! Und was hatte ich gemacht? Sie verletzt, gekränkt, sie ertappt bei etwas, das für sie furchtbar demütigend sein müßte.

In der Nacht schlief ich nicht viel. Ich dachte an Xenia, und ich dachte an die verzweifelte Frage: Was mache ich bloß in den Weihnachtsferien?

Die Lösung des Problems

Es war der erste Dezember, und am Mittagstisch überreichte ich Frau von Waldenburg zehn Zehnmarkscheine. Dasselbe taten Xenia und Denise.

„Aber Kinder", sagte Frau von Waldenburg. „Diesmal kriege ich nicht soviel! Die letzte Woche dieses Monats seid ihr ja gar nicht hier. Wann fahrt ihr – Denise am zweiundzwanzigsten, und ihr beide? Am dreiundzwanzigsten? Ach, das wird zu kompliziert, Rechnen war nie meine Stärke . . . hier, das kriegt ihr zurück." Sie reichte uns je dreißig Mark.

„Aber Frau von Waldenburg . . .", versuchte ich.

„Nix aber! Hier bestimme ich! – Hier wird nicht protestiert, es wird gegessen. Sieht der Auflauf nicht gut aus? Meine eigene Erfindung! Meine unverschämte Patentochter Jessica behauptet immer, ich mache meine Aufläufe von den Resten auf Bickys Teller, aber ganz so schlimm ist es nun nicht!"

Ich muß ehrlich zugeben, daß ich über die dreißig Mark glücklich war! Ach, wenn die Reise nach Norwegen nicht mehr als dreißig Mark gekostet hätte . . .!

Nachher, als wir im Wohnzimmer Kaffee tranken, zeigte Frau

wir sind acht Geschwister. Dann verstehen Sie, daß es bei uns viel zu wischen und zu putzen gab. Ich brauche einen Job für ein paar Wochen, und ich würde es liebend gern tun."

„Das ist ja allerhand", sagte Frau Doktor Schönhagen. „Aber warum nicht, ich habe selbst als Studentin zwischendurch Jobs gehabt. Könnten Sie dann dienstags und freitags kommen? Denn dreimal in der Woche wäre wohl zuviel für Sie?"

„Durchaus nicht, Frau Doktor. Ich komme gern dreimal!"

„Prima. Dann sagen wir montags, mittwochs und freitags. Ich habe meiner bisherigen Hilfe sechs Mark die Stunde bezahlt, sind Sie auch damit einverstanden?"

„Ja, selbstverständlich. Ganz besonders, wenn Sie es wagen, mich zu beschäftigen, obwohl ich keine Empfehlungen habe."

Die Ärztin lächelte.

„Ich verlasse mich eben auf meinen Instinkt, außerdem bilde ich mir ein, daß ich ein bißchen Menschenkenntnis habe. Also, heute ist Montag – könnten Sie schon heute nachmittag anfangen? Kurz nach sechzehn Uhr?"

„Das kann ich!"

„Dann segne ich Ihre Urticaria", lächelte die Ärztin.

„Meine was?"

„Urticaria. Nesselsucht ... Ihre Ausschläge! ... Ach ja, richtig, Ihre Tabletten ... mal sehen, vielleicht habe ich ... ja, das dachte ich doch, diese können Sie mitnehmen, nein, sie kosten nichts, es ist ein Ärztemuster ... und hier haben Sie eine juckstillende Salbe."

„Tausend Dank, Frau Doktor ... und den Krankenschein bringe ich dann heute nachmittag oder spätestens Mittwoch."

„Ich muß Ihnen übrigens ein Kompliment für Ihre Deutschkenntnisse machen", sagte Doktor Schönhagen. „Wie kommen Sie bloß dazu?"

„Oh, ich habe seit anderthalb Jahren ganz fleißig gelernt und auf deutsch korrespondiert – außerdem gibt mein Vater Unterricht in

Deutsch –, und vielleicht liegen mir die Fremdsprachen. Übrigens ... ein Wort hat mir vorhin gefehlt. Wie heißt in gebildeter Sprache der Körperteil, in den ich soeben die Spritze bekommen habe?“

Die Ärztin lachte laut.

„Es heißt Gesäß! Aber kein Mensch nimmt es Ihnen übel, wenn Sie Popo sagen!“

So verließ ich freudestrahlend die Praxis ... um eine einbringende Anstellung und ein wichtiges deutsches Wort reicher!

Schon auf der Treppe fing ich an zu rechnen. Sechs Mark die Stunde ... zwei Stunden zwölf Mark, dreimal in der Woche, sechsunddreißig Mark ... vier Wochen ... du liebe Zeit, viermal sechsunddreißig ... einhundertvierundvierzig Mark!

Die dreißig Mark, die ich von Frau von Waldenburg zurückbekommen hatte, lagen noch in meinem Portemonnaie. Ich konnte mir eine kleine Leichtsinnigkeit leisten.

Ich ging schnurstracks ins nächste Warenhaus und kaufte für 10,20 Mark einen entzückenden Brotteller aus Korbgeflecht. Ich ließ ihn gleich versandfertig verpacken, und dann ging es zur Post. Mit großen, deutlichen Druckbuchstaben schrieb ich „Herrn Rektor Jens Hettring und Frau, Tjeldsund, Norwegen“ – ließ mir einen Anklebezettel mit einem Weihnachtsmann und „Nicht vor Weihnachten öffnen“ geben – und zahlte 1,80 Mark als Päckchenporto.

Haargenau zwölf Mark. Mein erstes selbstverdientes Geld für zwei Stunden Saubermachen. Allerdings hatte ich es von den dreißig Mark „geborgt“ – aber ich würde es heute nachmittag zusammen mit den übriggebliebenen achtzehn Mark in die kleine Blechschachtel legen, wo ich immer das Geld „für unvorhergesehene Ausgaben“ aufbewahrte!

Ich guckte auf die Uhr. Jetzt hatte es wenig Sinn, zur Uni zu gehen. Ach was, ich hatte nie einen Tag geschwänzt, diesmal würde ich es mir erlauben! Ich war so froh und so aufgekratzt, daß ich mich doch nicht auf die Arbeit konzentrieren konnte. Lieber wollte ich nach Hause fahren, ein paar Weihnachtsbriefe schreiben und meinen Schreibtisch aufräumen, es tat bitter nötig.

Also los zur nächsten Bushaltestelle.

Aber es war nicht der Bus, der zwei Minuten später neben mir hielt. Es war ein großes, elegantes, blitzeblankes Privatauto, dessen Tür schnell aufgemacht wurde.

„Heidi! Steigen Sie schnell ein, ich darf nicht hier halten!"

Zwei Sekunden später saß ich im Wagen – neben Bernhard.

„Das war vielleicht ein Glück!" lächelte er. „Ich habe Sie heute früh vermißt! Und Hasso hat nach Ihnen gefragt! Sind Sie uns untreu geworden?"

„Nein, gar nicht, ich mußte zur Ärztin!"

„Nanu, was ist denn mit Ihnen los? Hoffentlich nichts Schlimmes? Wenn ich also fragen darf?"

„Das dürfen Sie. Ich habe Käse gegessen, das ist alles!"

„Und davon werden Sie krank?"

„Ja, von dieser einen Käsesorte. Ich habe – oh, wie nannte sie es bloß ... Urt ... Urt ..."

„Urticaria! Vielen Dank, das kenne ich! Dann haben Sie eine Kalkspritze bekommen! Trösten Sie sich, das geht schnell vorüber."

„Ja, es geht schon besser! Sagen Sie, wo fahren Sie eigentlich hin?"

„Das weiß ich noch nicht, es kommt auf Sie an. Vorläufig aus dem Stadtverkehr raus. Wissen Sie, ich habe auch eine solche Urticariageschichte gehabt, ich war kurz vor dem Wahnsinnigwerden. Ich befand mich zufällig ein paar hundert Kilometer vom nächsten Arzt und litt zwei Tage lang Höllenqualen."

„Hatten Sie auch Käse gegessen?"

„Nein, Früchte! Es war in Afrika, ich hatte einen Obstsalat gegessen, und irgend etwas drin konnte mein zarter Organismus nicht vertragen!"

„Mangofrüchte?" fragte ich. „Oder Papaya oder Khakifrüchte oder Passionsfrüchte?"

„Nanu, Sie kennen sich aber in der afrikanischen Botanik aus! Waren Sie selbst da unten?"

„Nein, aber meine Nichte hat drei Jahre da gewohnt, und wenn Sie nach Europa zu Besuch kam, brachte sie immer einen ganzen Karton Obst mit!"

Auf Bernhards erstaunte Frage wegen „Nichte" mußte ich zum x-tenmal unsere komplizierten Familienverhältnisse erklären.

„Glückspilze", sagte Bernhard. „Ich hätte gar nichts dagegen, drei Jahre in Kenia zu bleiben. Es ist ein Märchenland! Allerdings bin ich nur drei Wochen dort gewesen, ich durfte mir von den Eltern etwas wünschen, als ich das Abitur gemacht hatte, und dann wünschte ich mir eine Ostafrikareise."

„Sie haben aber großzügige Eltern", meinte ich.

„Ja, das habe ich. Und das Schöne bei der Sache war, daß sie mitfuhren! Jetzt haben wir alle drei Blut geleckt und werden bestimmt noch einmal hinfliegen. Vielleicht, wenn ich den Referendar gemacht habe. Wo fahren wir nun hin, Heidi?"

„Nach Afrika", schlug ich vor.

„Nichts wäre mir lieber, aber ich habe leider nicht meine Impfkarte bei mir. Na, im Ernst, kennen Sie Kiels Umgebung? Gar nicht? Das ist ja furchtbar. Wissen Sie, daß sie „die holsteinische Schweiz" genannt wird? Und mit Recht. Es ist natürlich nicht die richtige Jahreszeit für einen Ausflug, warten Sie bloß bis zum Frühjahr, dann ist es märchenhaft schön. Aber wie dem auch sei, wir können jedenfalls schnell nach Plön fahren, dann zeige ich Ihnen, wo früher die Kaisersöhne zur Schule gingen!"

„Aber ich muß um eins zu Hause sein!"

„Ich auch. Übrigens, ich habe das Gefühl, daß Sie heut Ihre Studien schwänzen?"

„Ja, weil ich zur Ärztin mußte. Und ich habe das Gefühl, daß Sie auch schwänzen!"

„Ja, weil ich mein Auto von der Lackierwerkstatt holen mußte.

Dies ist die erste Fahrt in meiner Neuerwerbung. Was sagen Sie nun dazu?"

„Zum Wagen? Einfach klasse! Ich wiederhole es, Sie haben einen großzügigen Vater!"

„Ist Ihr Vater denn nicht großzügig?"

„O doch, aber er muß seine väterliche Großzügigkeit durch acht teilen, wissen Sie!"

„Dann ist es ja ein wahres Wunder, daß etwas für die achte noch abfällt", schmunzelte Bernhard.

„Ja, und so viel! Ich bin die einzige der ganzen Bande, die im Ausland studiert. Aber sonst... meine Mutter hat mich immer ‚die kleine Erbprinzessin' genannt, weil ich die ganze Kindheit hindurch nur geerbte Kleidung trug! Kleider und Mäntel von meinen Schwestern, Pullis und Schuhe von den Brüdern – geschweige denn meine Schulbücher! Die waren durch sehr viele Hände gegangen, bevor sie in den meinen landeten."

Bernhard schwieg ein Weilchen.

„Eigentlich ist man um etwas betrogen worden, wenn man keine Geschwister hat", philosophierte er. „Ich weiß noch, als ich klein war, hatte ich nicht die Kunst gelernt, mit jemandem zu teilen! Wenn ich eine Tafel Schokolade bekam, fraß ich sie auf, ohne jemandem etwas anzubieten, es war mir selbstverständlich, daß ich alles bekommen und alles für mich behalten sollte!"

„Ja, das Teilen lernt man in einer großen Geschwisterschar!" meinte ich.

„Erzählen Sie doch mehr von Ihrer Kindheit, Heidi", bat Bernhard.

„Was denn? Wollen Sie hören, wie es war, wenn wir uns stritten, daß die Fetzen nur so flogen? Ja, das kam auch vor! Oder damals, als sechs von uns gleichzeitig die Masern hatten! Meine arme Mutter! Oder wenn der Sonntagskuchen in zehn gleiche Teile geteilt wurde, und meine Brüder mit dem Zentimetermaß dabeistanden?

Oder wenn wir in der Vorweihnachtszeit um den großen Eßtisch saßen und Baumschmuck bastelten – unser Christbaum sieht immer noch danach aus, denn Mutti hat alles aufgehoben, was acht Paar ungeschickte Kinderhände die Jahre hindurch fabriziert haben."

„Und jetzt freuen Sie sich bestimmt ganz unbändig darauf, ihn wiederzusehen! Den Baum, meine ich."

Ich schluckte. Nein, ich konnte Bernhard nicht die Wahrheit erzählen!

„Na klar tu ich das. Und was machen Sie Weihnachten?"

„Ich fahre mit den Eltern zum Skilaufen nach Pontresina."

„Nach wo? Das klingt doch chinesisch!"

„Wissen Sie nicht wo Pontresina ist? In der Schweiz. In Graubünden. Nicht weit von St. Moritz."

„Ach so. Wo alle Filmstars und Multimillionäre Winterurlaub machen!"

„Eben. Aber dorthin fahren wir also nicht. Pontresina ist nicht ganz so überlaufen wie St. Moritz."

Wir schwiegen eine Weile. Ich empfand es so erschreckend deutlich, daß Bernhard und ich aus zwei verschiedenen Welten kamen. Eine Afrikareise als Anerkennung fürs bestandene Abitur, ein elegantes Auto, weil der Vater sich ein neues kaufte, Skiurlaub in der Schweiz, alles so selbstverständlich, so nebenbei erzählt. Dinge, die, wenn sie in meiner Familie vorgekommen wären, *die* Begebenheit des Jahres gewesen wären, worüber wir monatelang gesprochen hätten . . .

In der kleinen Stadt Plön parkte Bernhard den Wagen, und wir machten einen kurzen Spaziergang am Plöner See entlang. Da oben lag das schöne Schloß, einmal vom Herzog bewohnt, später wurde es ein Internat, da hatten also die kaiserlichen Söhne ihre Schulzeit absolviert.

Der Weg wurde enger. Bernhard legte den Arm um meine Schultern. Wir gingen durch den Wald. Wie müßte es hier wunderbar sein, wenn alles grün war, wenn die Frühlingssonne über den See strahlte!

Weit und breit kein Mensch. Nein, wer außer uns würde wohl auf die verrückte Idee kommen, an einem gewöhnlichen Montag, kurz vor Weihnachten, unter einem bedeckten Winterhimmel einen Waldspaziergang zu machen?

Aber es war schön! Diese Winterstille des Waldes, diese Ruhe, und immer der Blick auf den stillen See.

„Hier könnte ich stundenlang wandern", sagte ich leise.

„Eigentlich soll man immer das machen, wozu man Lust hat", meinte Bernhard. „Das ist eins meiner wenigen Prinzipchen. Aber in diesem Falle geht es leider nicht, wir müssen umdrehen, sonst kommen wir beide zu spät zu Mittag!"

„Was für ein angenehmes Prinzip!" sagte ich. „Aber das kann ja nicht immer durchführbar sein!"

„O doch. Für mich ist es gerade jetzt durchführbar. *Ich* kann gerade das tun, wozu ich augenblicklich Lust habe!"

Sein Arm legte sich fester um mich, mit seiner linken Hand faßte er unter mein Kinn . . . und dann küßte er mich.

„Kleine Heidi", flüsterte er . . . und küßte wieder . . . und wieder.

Kurz danach saßen wir nebeneinander im Wagen. Bernhard drehte den Kopf, strich schnell über meine Wange und dann startete er.

„Kommst du morgen früh zur Brücke?" fragte er.

„Wenn du willst. Es gibt ja nichts mehr zu fegen."

„Nein, die Rowdys haben wohl eine andere Gegend gefunden, wo sie die Leute ärgern können. Oder vielleicht ist es ihnen zu kalt. Aber kannst du nicht trotzdem kommen?"

„Ohne die gute Tat des Tages zu erledigen?" schmunzelte ich.

„Du kannst eine andere gute Tat vollbringen. Nämlich Hasso und mir Gesellschaft leisten." Plötzlich lachte Bernhard laut.

„Lachst du über mich?"

„Nein, über mich! Ich denke an unsere erste Begegnung, damals als ich glaubte, du gehörtest zu der Rowdybande!"

„Und ich dachte dasselbe über dich!"

„Eins steht fest", sagte Bernhard und hielt vor einer roten Ampel. „Wir sind bestimmt zwei reizende junge Menschen, aber Menschenkenner . . . das sind wir nicht!"

Ein Netz von Lügen

Ich saß im Bus und fuhr nach Hause. Es war Abend und ich hatte meinen ersten Nachmittag als Putzfrau hinter mir. In der Tasche lag mein erstes selbstverdientes Geld. Es war ein erhabenes Gefühl!

Das Gefühl, daß ich heute die Vorlesungen geschwänzt und kein Buch aufgemacht hatte, war weniger erhabend. Ich hatte ein dickes Lehrbuch über Anatomie bei mir, um die Zeit im Bus auszunutzen. Als ich das Buch aufmachte, fiel etwas raus. Es war der Brief von Mutti, der, den ich so verzweifelt gesucht hatte, sogar in der Mülltonne.

Dann mußte ich wieder an die abgeschnittenen Strumpfhosenbeine denken – und an Xenia, die so wütend, so furchtbar unbeherrscht gewesen war.

Da gab es Menschen, auch Studenten, die ein eigenes, elegantes Auto hatten.

Es gab andere, die aus Mülltonnen Kleidungsstücke holten.

Es gab Menschen, die eine Afrikareise für das bestandene Abitur bekamen.

Es gab andere, die keine Handschuhe besaßen und immer rote, eiskalte Hände hatten.

Es gab junge Menschen, die in die Schweiz fuhren und über Weihnachten Skiurlaub machten.

Und dann gab es jedenfalls einen Menschen, einen jungen, neunzehnjährigen Menschen, der den Heiligen Abend ganz mutterseelenallein auf der Studentenbude verbringen mußte.

Zwei Welten. Ein Student mit sorglosen, fröhlichen Augen, mit einem Kaschmir-Pullover, mit einem Auto, mit einem schönen Hund. Eine Studentin, die Fußböden aufwischen und bohnern mußte, um Geld für das allernotwendigste Essen über Weihnachten zu verschaffen.

Ich war froh, daß ich Bernhard in dem Glauben gelassen hatte, ich führe nach Hause. Um alles auf der Welt wollte ich nicht riskieren, daß er mir das Reisegeld anbot.

Aber leicht war es nicht. Ich mußte wieder schlucken.

Werde bloß nicht sentimental, Heidi! sagte ich streng zu mir selbst. Du hast tausend Gründe, dich zu freuen! Du hast viele Menschen, die du liebst, und die dich lieben! Du darfst studieren, und du hast die allerschönste Studentenbude bei dem liebsten Menschen in ganz Norddeutschland! Und du hast einen Freund. Einen lieben, netten Freund. Einen, den du in zwölf Stunden wieder treffen wirst!

Der Gedanke war so schön, daß ich gar nicht zum Lesen kam. Ich stopfte das Buch in die Tasche, und kurz danach waren wir an meiner Haltestelle.

Es war ein Paket für mich gekommen. Ein großes, schweres Paket aus Norwegen. Ich erkannte Sentas Schrift auf dem Adreßzettel. Dann hatte wohl die ganze Familie ihre Weihnachtsgeschenke an mich zusammengepackt, und Senta war damit zur Post gefahren.

Wie sollte ich erklären, daß ich aus Norwegen ein Paket so kurz vor Weihnachten bekam?

„Oh", sagte ich, als ich das Paket an mich nahm. „Das sind die Bücher von Rolf!"

„Von Sentas Mann?" fragte Frau von Waldenburg.

„Ja, der liebe Kerl borgt mir ja all seine Lehrbücher, er hat ja auch in Deutschland studiert, wissen Sie!"

„Und ob ich das weiß! Ich kenne ihn ja gut, er ist öfters hier gewesen. Was für ein Glück für Sie, Heidi, daß Sie all die teuren Bücher nicht zu kaufen brauchen!"

Sie hätte nur die „Bücher" sehen sollen, die ich hinter verschlossener Tür in meinem Zimmer auspackte! Eine große norwegische Schafswurst, himmlisch, jetzt hatte ich jedenfalls Brotaufschnitt – ein Pfund Ziegenkäse, etliche Dosen norwegische Sardinen, und ein Konservenglas voll Beates Spezialität, Lamm in Aspik. Alles lauter haltbare Sachen. Und dann mehrere kleine Päckchen in Weihnachtspapier, alle mit der Aufschrift „Nicht vor Weihnachten aufmachen".

Wenn sie nur wüßten, wie willkommen die Fressalien waren! Dabei ahnte ich, was in dem zu erwartenden Brief stehen würde: „Du kriegst bestimmt ein herrliches Weihnachtsessen bei der lieben Frau von Waldenburg, aber dann kannst du ja deinerseits ein paar norwegische Spezialitäten auf den Tisch stellen."

(Das stimmte übrigens. Genau das stand in dem Brief, den ich ein paar Tage später bekam.)

Also, das mit dem „Bücherpaket" war meine erste Lüge.

Die zweite folgte am Mittwoch. Da mußte ich direkt von der Uni zur Praxis laufen, denn mittwochs hatte Frau Dr. Schönhagen keine Nachmittagssprechstunde. Also mußte ich Frau von Waldenburg sagen, daß ich zu spät zum Mittag kommen würde. Gewöhnlich fragte sie nicht, aber diesmal rutschte es aus ihr raus: „Nanu, was haben Sie denn vor?"

„Ich gebe einer Kommilitonin Unterricht in Norwegisch, sie fährt in den Semesterferien nach Norwegen."

Wie glatt rutschte mir doch die Lüge über die Lippen!

„Ich stelle das Essen in den Wärmeraum im Herd, dann können Sie es holen, wann Sie wollen", sagte Frau von Waldenburg freundlich.

Ich wollte ihr ja nicht erzählen, daß ich einen Job hatte. Sie hatte dies alles auf sich genommen, um drei Mädchen die Gelegenheit zu geben, sich hundertprozentig auf das Studium zu konzentrieren. Es würde ihr leid tun, wenn sie gewußt hätte, daß ich mit Scheuereimern und Bohnermaschine rumhantierte. Und wie hätte ich erklären sollen, daß ich plötzlich Geld brauchte?

Auch Bernhard gegenüber mußte ich lügen.

„Wann kommst du zurück aus Norwegen?“ fragte er.

„Wahrscheinlich am dritten Januar“, log ich.

„Fein! Da sind wir auch zurück, und ich hole dich am Schiff ab! Ich freue mich schon darauf!“

„Ach weißt du, ich komme wahrscheinlich per Auto. Mein Onkel hat in Deutschland geschäftlich zu tun, und dann nimmt er mich mit in seinem Wagen.“

Lügen über Lügen. Ich hatte keinen Onkel, der nach Deutschland wollte, und einen mit Auto erst recht nicht!

Aber nach Weihnachten wollte ich alles beichten. Sowohl Bernhard als auch Frau von Waldenburg. Sie würden schimpfen – aber sie würden mich verstehen, und sie würden mir nicht böse sein.

Abgesehen von diesen Lügen, die ich nun beinahe täglich von mir gab, waren die Morgenwanderungen mit Bernhard und Hasso wunderbar. Bernhard fuhr mit seinem Wagen bis zur Ecke des Wanderweges, dann machten wir unseren „Hundespaziergang“, und dann begleitete ich ihn. Ich sah das Haus seiner Eltern, einen schönen Bungalow mit einem großen Garten. Da wurde Hasso „ausgeladen“, und Bernhard und ich fuhren zusammen zur Uni.

Wir lernten uns erst richtig kennen auf diesen Spaziergängen. Wir sprachen von der Kindheit und von unseren Zukunftsplänen, und wir stellten fest, daß wir viele gemeinsame Interessen hatten. Unsere Auffassungen über gut und bös, über schön und häßlich, über wertvoll und wertlos waren dieselben. Dann wurde es ja nebensächlich, daß ich nicht folgen konnte, wenn Bernhard über Fußball sprach, und daß sein Interesse für Kreuzstichhühnchen nicht gerade glühend war!

Dafür verstanden wir uns glänzend, wenn wir über die Probleme unserer Zeit sprachen. Über Rauschgift und Alkohol, über die Rowdybanden – drei Dinge, die wir in allerhöchstem Maße ablehnten! Dann erzählte Bernhard von seinen Reisen, und ich horchte „mit hungrigen Augen", behauptete er. Warte bloß, sagte ich zu mir selbst. Wenn ich Zahnärztin geworden bin und Geld verdiene, dann werde ich auch reisen, und ich werde Mutti und Vati eine weite, wunderbare Reise in fremde Länder schenken!

Wir beide liebten Tiere, und wir liebten die Natur.

Außerdem liebten wir einander.

Denise plauderte früh und spät über Weihnachten, und wie sie sich darauf freue, ihre „maman" und ihren „petit frère" wiederzusehen.

Mit ihren geschickten Fingern hatte sie für Brüderchen ein Halstuch und für „maman" ein Paar schöne Handschuhe gestrickt.

„Freust du dich nicht auch unbändig?" fragte sie mit strahlenden Augen.

„Na klar!" antwortete ich.

„Worauf freust du dich am meisten?"

„Oh, vielleicht auf meine neue Schwägerin, ach nein, am meisten auf Mutti und Vati!"

Jetzt hatte ich das Lügen gelernt. Sie glitten mir glatt und gekonnt über die Lippen.

„Und du, Xenia?" fragte die unermüdliche Denise.

„Ich, oh, ich weiß nicht. Ich habe nicht darüber nachgedacht", antwortete Xenia. Sie stand auf – dieses Gespräch hatte am Nachmittags-Kaffeetisch stattgefunden. „Entschuldigen Sie, Frau von Waldenburg, ich habe so viel zu lernen . . ."

Weg war sie. Gleich darauf ging ich auch. Ich hatte auch zu lernen, und ich mußte sehr fleißig sein, jetzt wo ich dreimal in der

Woche ein großes Sprechzimmer, einen Flur, ein Labor und zwei Wartezimmer saubermachte! Die Zeit mußte ja eingeholt werden.

Die Lüge, die mir am schwersten fiel, war die meinen Eltern gegenüber. Sie hatten gefragt, wie wir nun bei Frau von Waldenburg feiern würden, und ich setzte mich hin und dichtete ein ganzes Märchen über deutsche Weihnachtskuchen, über Weihnachtskrippen und Baumschmuck, über Rehbraten und Gäste am ersten Feiertag.

Aber eins wußte ich. Gleich nach Weihnachten, wenn das Schlimmste überstanden war, wollte ich den Eltern die Wahrheit erzählen. Frau von Waldenburg sollte auch alles erfahren, wenn sie zurückkam!

Und selbstverständlich Bernhard.

Ich saß da über meinen Büchern. Nur noch eine Woche bis zum Heiligen Abend. In neun Tagen würde ich das Schlimmste hinter mir haben.

Ich versuchte zu lesen, aber es war furchtbar schwer, sich darauf zu konzentrieren. Dann klopfte es. Es war Xenia.

„Entschuldige die Störung, Heidi. Ich wollte nur fragen . . . deine Wäsche im Waschraum ist jetzt trocken, könnte ich vielleicht die Leine jetzt benutzen?"

„Aber selbstverständlich, Xenia, ich hole sofort die Sachen!"

Ich sammelte meine Hemden und Höschen, Xenia sagte „vielen Dank", und die Sache war erledigt.

Arme Xenia. So freudlos, so schweigsam, so allein! Ich empfand keine Spur Bitterkeit ihr gegenüber wegen ihrer verletzenden Worte von damals. Wie gern hätte ich ihr die Hand gereicht und gesagt „wollen wir nicht Freunde sein, Xenia?".

Aber ich wagte es nicht.

Zu wem würde sie wohl fahren? Sie hatte ja keine Eltern, aber ein Zuhause mußte sie ja haben. Vielleicht hatte sie Geschwister, oder eine Großmutter oder andere Verwandte? Ich wußte ja, daß sie in einem Dorf in der Nähe von Jessicas Heimat aufgewachsen war. Na, dann hatte sie eine weite Reise vor sich.

Nein, jetzt *mußte* ich mich um meine Arbeit kümmern! Um meine Studien! Schließlich sollten sie doch vorläufig der Hauptinhalt meines Lebens sein!

Am zweiundzwanzigsten, abends, fuhr Denise los. Frau von Waldenburg brachte sie zum Bahnhof. Wir hatten eine sehr nette Kaffeestunde gehabt, mit frischgebackenem Stollen.

„Das original Dresdner Rezept!" erzählte Frau von Waldenburg. „Meine Schwiegermutter war Dresdnerin, von ihr habe ich das Stollengeheimnis. Ich habe einen für Isa gebacken, als Mitbringsel, und dann diese Kostprobe für uns, und ihr drei kriegt auch je einen kleinen Stollen, sozusagen ein Stöllchen, als Wegzehrung mit!"

„Sie sind einmalig, Frau von Waldenburg", sagte ich. „Wie hat Jessica doch recht! Für uns ist jeder Tag Donnerstag!"

„Ach, Kinder, so was macht mir doch Spaß! Und wißt ihr, ich freue mich ehrlich darauf, euch alle wieder hierzuhaben! Und euch erzählen hören! Denise, haben Sie alles parat? Wir müssen in einer knappen Stunde los. Oh, Xenia, darf Bicky inzwischen bei Ihnen sein?"

„Natürlich. Furchtbar gern, das wissen Sie doch."

Als ob Bicky die Worte verstanden hatte, ging sie hin zu Xenia, legte den Kopf auf ihr Knie und ließ sich kraulen. Daß ein paar Stollenbissen in ihren immer aufnahmebereiten Mund verschwanden, verursachte keine Kommentare!

„Leider werde ich euch beide morgen nicht hinbringen können", bedauerte Frau von Waldenburg. „Aber ihr habt für die wenigen Tage wohl nicht allzuviel Gepäck zu schleppen! Wann fährt Ihr Zug, Xenia?"

„Elf Uhr elf. Aber ich muß eher los, ich habe etwas zu besorgen."

Xenia sah müde aus. Die letzten Tage war sie jeden Nachmittag in die Stadt gefahren, und sehr spät nach Hause gekommen. Sie sagte kein Wort über den Grund, und sie war nun mal ein Typ den man nicht fragte.

„Und Sie, Heidi? Fährt Ihr Schiff nicht um dreizehn Uhr?"

„Doch. Aber ich muß rechtzeitig an Bord sein, und außerdem ...", es fiel mir etwas ein. Wenn bloß nicht die immer neugierige, oder sagen wir, die immer fröhlich interessierte Denise bat, meine Karte sehen zu dürfen! „Außerdem", fuhr ich fort, „muß ich meine Karte abholen. Vati hat sie bestellt, von Norwegen aus, und ich kriege sie hier ausgehändigt."

Möge dies die letzte Lüge in dieser Angelegenheit sein, dachte ich.

Dann brachen Frau von Waldenburg und Denise auf, Xenia verschwand in ihrem Zimmer mit Bicky, und ich fing an, den Koffer zu packen, den ich gar nicht brauchte.

Schritte in der Nacht

Es regnete Bindfäden.

Ich saß im Warteraum auf dem Oslokai. Ringsum fröhliche Menschen, Plaudern auf deutsch und norwegisch, Kinder in gelben Regenmänteln und norwegischen „Südwestern" und hohen Gummistiefeln. Koffer, Taschen, Reisesäcke. Abschiedsumarmungen, Blumen.

„Gute Reise ... grüße vielmals ... komm gut zurück ... schreibst du eine Karte ... frohe Weihnachten ... bringst du mir ein Stück Ziegenkäse mit, und eine Packung Lefser ... vergiß nicht deine Pille gegen Seekrankheit ... also, alles Gute!"

Ich saß allein, machte mich so klein wie möglich in meiner Ecke. Ich hatte hier Zuflucht gesucht. Ich konnte ja nicht stundenlang im

Regen rumlaufen, und die andere Möglichkeit, das Wartezimmer am Bahnhof, mußte ich vermeiden. Frau von Waldenburgs Zug sollte kurz nach vierzehn Uhr fahren. Vielleicht würde sie rechtzeitig da sein, vielleicht hatte sie noch etwas zu besorgen.

Xenia und ich waren zusammen losgefahren. Sie war am Bahnhof ausgestiegen, hatte mir die Hand gereicht und „Frohe Weihnachten" gesagt. Ich antwortete „Danke, gleichfalls", das war alles.

Ich guckte auf die Uhr. Bald zwölf. Die Leute fingen an, ihre Siebensachen zu sammeln und an Bord zu gehen. Da lag das Schiff, das große, schöne Schiff, das morgen in Oslo sein würde. Von Oslo nach Tjeldsund war es ein Katzensprung, drei Stunden mit dem Zug.

Aber ich saß in einem nassen Regenmantel im Warteraum in Kiel und durfte nicht mit.

Ein paar Menschen guckten mich verwundert an. Es wurde mir peinlich. Also nahm ich meinen überflüssigen Koffer und ging.

Was sollte ich bloß tun?

Ich wanderte langsam zur nächsten Straßenbahn-Haltestelle. Da stieg ich in die erstbeste Bahn und fuhr bis zur Endstation, in einen Stadtteil, den ich überhaupt nicht kannte.

Ich wartete zehn Minuten, stieg in die nächste Bahn und fuhr wieder zur Endstation, dem anderen Ende – „unserem" Stadtteil. Es war eine weite Fahrt. Der Regen schlug gegen die Fenster, und ich saß da und ging meinen eigenen Gedanken nach.

Vorgestern hatte ich mich am frühen Morgen von Bernhard verabschiedet. Er wollte dann Hasso zu guten Bekannten bringen, bei denen das liebe Tier in allen Ferien willkommen war, und nachher sollte es dann weitergehen, per Auto nach Hamburg. Da wurde der Wagen abgestellt und Bernhard wollte dann mit den Eltern per Flugzeug in die Schweiz.

Er hatte mir sehr liebe Worte ins Ohr geflüstert, und ganz zuletzt hatte er mir ein kleines Päckchen in die Hand gesteckt.

„Aber erst am vierundzwanzigsten aufmachen!“ sagte er streng.

„Ehrenwort!“ versprach ich.

Es war schön, an Bernhard zu denken. Ich zählte die Tage an den Fingern ab: Acht – neun – zehn – elf . . . ja, in elf Tagen würde ich ihn wiedersehen!

Ich guckte wieder auf die Uhr. Beinahe vierzehn Uhr. Jetzt war Frau von Waldenburg bestimmt schon am Bahnhof.

Ich stieg aus der Bahn und ging mit meinem Koffer zur Bushaltestelle.

Ein langer, trostloser Vormittag war zu Ende. Ich konnte jetzt zurück in meine Bude.

Es war ein merkwürdiges Gefühl, ganz allein im Haus zu sein. Ich schloß die Tür sorgfältig hinter mir und stellte den lästigen Koffer ab. Dann ging ich in den Keller und drehte die Heizung höher. Als nächstes zur Zähluhr, um den Stand aufzuschreiben, damit ich nachher wußte, wieviel Strom ich verbraucht hatte.

Es war schön, die nassen Sachen auszuziehen und in eine lange Hose und einen molligen Pulli zu schlüpfen.

Und jetzt? Was sollte ich jetzt machen?

Ja, natürlich: All meine norwegischen Fressalien in den Kühlschrank stellen, und das bißchen, was ich selbst eingekauft hatte: Ein halbes Pfund Margarine und eine Milchdose. Ein Paket Scheibenbrot und ein Viertelpfund Kaffee kamen in die Brotdose und in den Küchenschrank.

Da lag unser Eierwärmer, noch säuberlich in Seidenpapier eingewickelt. Wie hatte Frau von Waldenburg sich darüber gefreut! Zuerst hatte sie geschimpft, aber als wir dann erzählten, daß das Ding wirklich keinen Pfennig gekostet hatte, war sie nur froh und gerührt gewesen.

Wie war es still und leer im Haus!

Eigentlich hatte ich Hunger. Ich hatte seit heute früh nichts gegessen. Ich packte die Brote aus, die die liebe Frau von Waldenburg mir „für die Reise" mitgegeben hatte. „Warum sollen Sie in der Cafeteria an Bord Geld ausgeben", hatte sie lächelnd gesagt.

Also aß ich Reisebrote und machte mir dazu eine Tasse Kaffee.

Wie war ich allein. Schrecklich, furchtbar allein. Das Alleinsein, das war etwas, das ich nicht gelernt hatte. Mein Leben lang hatte ich Menschen um mich gehabt.

Wenn ich bloß Radio hören könnte! Aber das Wohnzimmer, wo Fernsehen und Rundfunkgerät standen, war abgeschlossen, ebenso das Eßzimmer und Frau von Waldenburgs Schlafzimmer und oben diese komische Zwischentür in dem Korridor.

Ans Telefon konnte ich auch nicht.

Dann holte ich die letzten Sachen aus dem Karton von Beate und legte die kleinen Päckchen in Weihnachtspapier in eine Schublade. Oh, da war ja auch eine Keksdose! Die liebe Beate! Eine Dose voll ihrer berühmten „Familien-Schürzkuchen"!

Da war zusammengeknülltes Zeitungspapier als Polsterung. Ich glättete das Papier und machte eine wunderbare Entdeckung: Auf einem der Papierfetzen – einem ganz großen – war ein großes, ungelöstes Kreuzworträtsel!

Dann ging ich zu Bett, mit Rätsel und Bleistift. Es war eine ganz ausgesucht schwere Aufgabe!

Sie war so schwer, daß sie für eine Weile all meine Gedanken in Anspruch nahm. Zuletzt wurde ich ganz einfach schläfrig, und dann schlief ich ein, den Bleistift in der Hand.

Es war stockfinster, als ich aufwachte und auf die Uhr guckte. Ich traute meinen Augen nicht. Beinahe elf! Elf Uhr abends!

Ich war ausgeschlafen und konnte bestimmt nicht wieder einschlafen.

Ich zog mich aus, ging rüber in den Waschraum und machte mich zurecht.

Diese Stille, diese Einsamkeit sollte ich nun zehn Tage aushalten!

Ich zog das Rollo runter und die Vorhänge vor. Niemand sollte wissen, daß das Haus doch bewohnt war. Ich wohnte ja „schwarz".

Wenn ich bloß etwas zum Lesen gehabt hätte!

Aber ich hatte nur meine Lehrbücher und dann die Briefe von zu Hause. Ich wählte die Briefe, saß im Bett und las all die guten, lieben Worte von den Eltern und von Beate. Dann stellte ich mir vor, wie es jetzt zu Hause sein würde. Bald Mitternacht – ach, am dreiundzwanzigsten war Mutti immer lange auf, sie hatte soviel zu tun! Vielleicht war sie noch beim Baumputzen. Oder vielleicht saßen sie und Vati mit Olav und Tanja zusammen bei einer ganz unvernünftigen Tasse Kaffee und Kostproben vom Weihnachtsgebäck.

Ich machte die Augen zu, und es war mir, als könnte ich den Tannenduft spüren ... und den Duft von frisch aufgebrühtem Kaffee und Muttis Schmalzkringelchen und Mandelplätzchen ...

Dann überkam mich das heulende Elend.

So. Nun hatte ich nur eins zu tun. Eine Schlaftablette zu nehmen. Noch stundenlang wach zu liegen, das hielt ich nicht aus.

Wieder raus aus dem Bett, eine Tablette aus dem Medizinkästchen geholt, schnell in den Waschraum, nach einem Becher Wasser.

Da blieb ich stehen, mit klopfendem Herzen. Ich horchte. Es war mir, als ob ... ja, da war es wieder! Ich hatte ein Geräusch gehört! Es bewegte sich was im Haus!

Könnten es Mäuse sein? Nein, hier gab es doch keine. Oder war es der Wind, schlug ein Zweig vom Rotdorn gegen die Wand?

Nein. Es war hier im Haus. Und es waren Schritte. Unverkennbar Schritte. Um Gottes willen – Einbrecher! Vielleicht einer von den Brücken-Rowdys!

Nie in meinem Leben hatte ich solche Angst gehabt!

Ich machte das Licht im Waschraum aus, hielt die Tür einen Spalt offen. Die Schritte kamen näher. Plötzlich wurde das Licht im Korridor angemacht. Und da ... da erschien etwas auf der Treppe. Ein brausender roter Haarschopf!

Ich rannte durch den Korridor, ich schlug die Arme um den Hals des „Einbrechers".

„O Xenia! Xenia! O wie schön, wie schön, daß du da bist!"

Wollen wir Freundinnen sein?

Was wurde eigentlich in den ersten Augenblicken gesagt? Ich weiß es nicht genau. Ich glaube, ich selbst habe eine Menge unzusammenhängende Dinge geplappert, und ich weiß, daß ich Xenia mit in mein Zimmer gezogen habe.

„Komm, Xenia, mein Zimmer ist noch warm, ich mache jetzt die Heizung wieder an ... oh, wie bist du naß, gib mir deinen Mantel und die Schuhe ... hier, nimm meine Pantoffeln. Hast du Hunger, nicht? ... aber es ist dir kalt, ich mache schnell eine Tasse Tee."

„Warte einen Augenblick, Heidi", sagte Xenia. Ihre Stimme war ruhig wie immer, aber sie hatte einen neuen Klang. Es lag Wärme drin.

„Es ist etwas, was wichtiger ist als Tee und Erzählen und Erklärungen", sagte sie. „Wir beide müssen reinen Tisch machen, das heißt, ich muß mich bei dir entschuldigen. Ich bin widerlich zu dir gewesen, und ich weiß es selbst. Kannst du mir verzeihen, Heidi?"

Ich griff ihre ausgestreckte Hand mit meinen beiden. „Und ob ich das kann! Reden wir bloß nicht darüber! Xenia, kannst du nicht Vertrauen zu mir haben? Wenn du wüßtest, wie brennend gern ich dich als Freundin haben möchte!"

„Mich? Als Freundin? Heidi, du weißt nicht, wovon du sprichst!"

„Doch! Das weiß ich! Xenia, jetzt hat das Schicksal es so gemacht, daß wir hier ganz allein sind, wir sind aufeinander angewiesen, wir können es so schrecklich nett haben, wenn wir Freundinnen sind. Bitte, Xenia, glaube es mir, laß mich deine Freundin sein, reden wir miteinander wie uns der Schnabel gewachsen ist, laß uns nett zueinander sein, sag doch, daß du es auch möchtest, Xenia!"

Sie sah mich an, und einen Augenblick zitterten ihre Lippen. Dann schluckte sie, und sprach ganz leise: „Ja, Heidi. Ich möchte es gern. Ich werde es versuchen, wenn ich kann!"

Als ich mit der Teekanne aus der Küche kam, hatte Xenia einen ganzen Haufen delikate kleine Schnitten aufgetischt, allerdings auf einem Stück Butterbrotpapier. Wir hatten ja kein Geschirr in unseren Zimmern.

„Wie in aller Welt hast du das hervorgezaubert?" fragte ich.

„Das erzähle ich dir gleich, oder fängst du an zu erzählen?"

„Oh, das ist schnell getan. Frau von Waldenburg setzte voraus, daß wir alle über Weihnachten nach Hause fahren würden, und meine Eltern setzten voraus, daß ich hierbliebe, und ich wollte sie nicht um Geld bitten. Ich war so froh, als Frau von Waldenburg uns die Schlüssel zur Hintertür gab. So wußte ich jedenfalls, daß ich über Weihnachten ein Dach überm Kopf haben würde. Ging es dir auch so, Xenia? Fehlte dir auch das Reisegeld?"

Xenia sah mich an, antwortete nicht gleich. Zuletzt kam es leise, aber deutlich: „Das Geld hätte ich vielleicht aufbringen können. Das was mir fehlt, ist ein Zuhause."

Es dauerte etwas, bevor die Bedeutung dieser Worte mir richtig klar wurde. Wie war es möglich, daß ein junges Mädchen kein Zuhause haben konnte? So „in der Luft hängen" ohne den festen Punkt, worum alles sich dreht – das eigene Zuhause?

Xenia las wohl meine Gedanken. Sie lächelte ihr kleines, ungewohntes, aber so hübsches Lächeln.

„Vielleicht erzähle ich dir ein andermal mehr, Heidi. Jetzt ist es spät, und ich bin hundemüde. Ich habe den ganzen Abend wie ein Kuli geschuftet."

„Nanu? Geschuftet – heut, an einem Sonntag? Was hast du denn gemacht?"

„Hauptsächlich abgewaschen, nach einem Festmahl für zwölf Personen!"

„Ach, jetzt begreife ich ... dann hast du die schönen, übriggebliebenen Schnitten mitbekommen!"

„Erraten! Ich habe auch was anderes, das steht im Kühlschrank. Jetzt gehen wir aber zu Bett, findest du nicht? Ich muß morgen beizeiten aufstehen."

„Und ich denn erst!" rief ich. „Mensch, wie freue ich mich! Morgen werde *ich* wie ein Kuli schuften, damit wir beide einen schönen Weihnachtsabend kriegen! Soll ich dich morgen früh wecken, Xenia, und wann?"

„Ja, wenn du so lieb bist. Ist dir sieben Uhr zu früh?"

„I wo, da bin ich schon lange wach! Also, Punkt sieben!"

„Dann gute Nacht, Heidi. Und ... danke!"

„Danke ist gut! *Ich* habe zu danken! Schlaf gut, Xenia!"

„Du auch." Sie stand schon an der Tür, mit der Hand auf der Klinke.

„Ja, und Heidi ... wenn du mich weckst, dann brauchst du nicht anzuklopfen!"

Ich war hellwach um sechs, schlich lautlos aus dem Zimmer und zog mich im Waschraum an. Dann auf Zehenspitzen die Treppe runter. Ich setzte Kaffeewasser auf, und strich einen Haufen Brote mit Wurst und Käse. Da stand auch ein Glas Marmelade, das hatte Xenia wohl mitgebracht. Also machte ich auch Marmeladenbrote und krönte das alles mit einer Scheibe von Frau von Waldenburgs herrlichem Stollen.

Punkt sieben ging ich rauf zu Xenia, mit dem Frühstückstablett in den Händen.

„Xenia! Sieben Uhr! Guten Morgen!"

Sie blinzelte gegen das Licht. Dann lächelte sie mich an.

„Guten Morgen, Heidi . . . aber du lieber Himmel, was hast du denn da?"

„Frühstück ans Bett für meine liebe Freundin! Setz dich ein bißchen hoch, so, ja das ist fein, bitte schön!"

Ich stellte ihr das Tablett aufs Bett, und ihre Augen wurden kugelrund.

„Heidi, du bist ja . . . aber soll ich denn allein frühstücken?"

„Nicht, wenn du meine Gesellschaft haben möchtest!"

„Ja, darum möchte ich sehr bitten!"

Ich holte schnell meine eigene Tasse und meine Brote und setzte mich neben das Bett.

„Weißt du, Heidi, dies ist das erstemal in meinem Leben, daß ich Frühstück ans Bett kriege!"

„Dann ist es wirklich höchste Zeit! Aber iß nun endlich, du sitzt ja da und guckst nur!"

„Ja, ist das ein Wunder? Ich muß ja dieses erste Frühstückstablett meines Lebens richtig anschauen! Aber ich esse schon, denn ich muß nachher aufstehen, denn ich soll um neun zu meinem Job!"

„Und ich um zwölf zu meinem! Was hast du für einen Job?"

„Ich mache abends sauber in einem Geschäft. Lebensmittel, deshalb die Marmelade, die du gefunden hast, wie ich sehe. Und gestern hatte der Chef Geburtstag, fünfzig Jahre, mit einer großen Feier. Da half ich also in der Privatwohnung, das letzte war der Riesenaufwasch. Du mußt in den Kühlschrank genauer gucken, da sind auch ein paar Scheiben Wildschweinbraten und im Tiefkühlfach etwas Karameleis in einer Pappschale. Wir kriegen ein ganz feines Weihnachtsessen! – Was für einen Job hast du eigentlich?"

„Auch saubermachen! In einer Arztpraxis. Dreimal in der Woche, nachmittags. Heut ist nur Vormittagssprechstunde, da kann ich um elf anfangen und bin gegen dreizehn Uhr fertig."

„Weiß Frau von Waldenburg, daß du den Job hast?"

„Nein, ich habe gelogen. Mittwoch sagte ich ihr, daß ich einer Kommilitonin Unterricht in Norwegisch gebe – weil ich nicht zu Mittag kommen konnte. Montags und freitags ist es ganz einfach, dann fahre ich eben nachmittags in die Stadt. Nein weißt du, es würde ihr leid tun, daß ich arbeiten muß, wo sie doch alles tut, damit wir sorglos studieren können!" Xenia nickte.

„Genauso ist es. Deswegen habe ich auch nichts erzählt. Und ich *mußte* etwas Geld verdienen; ich muß es so oft wie nur möglich, damit ich überhaupt weiterstudieren kann."

„Und ich mußte es jetzt, damit ich für diese zehn Tage etwas zu essen kaufen konnte."

„Klar. Wie spät ist es? Halb acht? Ich muß in fünf Minuten aufstehen!"

„Du! Jetzt begreife ich etwas! Du hast doch Frau von Waldenburg gefragt, was sie über Weihnachten mit ihren Fensterblumen macht! Du wolltest bestimmt rauskriegen, ob irgend jemand herkommen würde!"

„Stimmt. Gerade das wollte ich."

„Aber Xenia! Wenn wir nun nicht den Schlüssel zur Hintertür bekommen hätten, was hättest du dann getan? Wo wärest du über Weihnachten geblieben?"

„Wahrscheinlich im Schuppen im Garten."

„Was? Im Schuppen? Bei der Kälte? Und wo hättest du geschlafen?"

„Na, ich hätte wohl einen Schlafsack organisiert. Sehr gemütlich wäre es natürlich nicht gewesen, aber ... Heidi, Mensch, was quasseln wir alles, ich muß den Bus um halb neun haben!"

„Ich komme mit!" rief ich.

*

Wieder saßen wir nebeneinander im Bus, genau wie vor vierundzwanzig Stunden, und doch ganz anders! Heute waren wir beide guter Laune, wir plauderten und wir lachten ein bißchen, kurz, wir verstanden uns und waren Freunde, und ich war von einer glücklichen Dankbarkeit erfüllt.

„Warum mußt du eigentlich so früh los?" fragte ich. „Du kannst doch nicht während der Geschäftszeit saubermachen!"

„Nein, das kann ich erst ab dreizehn Uhr. Aber heut habe ich versprochen, beim Bedienen zu helfen, die Verkäuferin ist zu Weihnachten nach Hause gefahren." Xenia guckte mich verschmitzt an. „Sie ist also *wirklich* gefahren, verstehst du!"

„Dann müßte ich ja eigentlich bei dir Einkäufe machen!"

„Nein, aber du kannst es mir überlassen, ich suche mir ein paar Sonderangebote und so was aus. Was brauchen wir?"

„Eine Dose Würstchen und etwas Kaffee und ein Brot." Ich zählte noch ein paar Sachen auf. „Und etwas zum Mittagessen für übermorgen. Falls du eine billige Dose erspähst!"

„Wird gemacht. Kartoffeln hast du vergessen!"

„Ja, richtig. Aber es wird viel zu schleppen für dich."

„Daß ich nicht lache! Hier muß ich aussteigen, ich mache so schnell wie ich kann, aber vor vier Uhr schaffe ich es wohl nicht."

„Fein, dann erwarte ich dich mit irgendwas Eßbarem. Mach's gut, Xenia!"

Oh, was hatte ich nun alles zu tun!

In der Nähe eines großen Warenhauses stieg ich aus. Sparen hin, sparen her, heut sollte gefeiert werden und zehn Mark wollte ich springen lassen.

Es ist unglaublich, was man alles für zehn Mark kriegen kann, wenn man rumsucht und sich alles genau überlegt. Ich bekam ein Papiertischtuch und Servietten mit Weihnachtsmännern und Glocken drauf. Ich bekam rotes Kreppapier, ein paar Kerzen und Kerzenhalter, etwas Lametta und sogar eine Reihe bunter Glaskugeln. Die gab man mir sogar umsonst, weil ein paar davon kaputt waren!

Auf dem Markt waren noch Weihnachtsbäume. Ich fand einen Minibaum in einem Blumentopf. Aber dann hatte ich auch alles in allem zwölf Mark fünfundzwanzig verbraucht!

Glück muß der Mensch haben! An diesem Tag hatte ich lauter Glück!

Als ich die Praxis gefegt, aufgewischt und gebohnert hatte – letzteres war ein Kinderspiel mit der elektrischen Bohnermaschine –, steckte Frau Doktor mir ein Päckchen in die Hand. Kurz danach kam die Helferin.

„Ach, Fräulein Hettring, mögen Sie Marzipan?"

„Und ob!"

„Bitte, dann nehmen Sie dies, ich habe es von einer Patientin bekommen. Und ganz ehrlich, ich kann Marzipan nicht ausstehen! Nein, Sie brauchen sich gar nicht zu bedanken! Nun, werden Sie heut schön feiern? Mit Verwandten?"

„Nein, mit einer reizenden Freundin! Ich freue mich wie ein Kind auf heute abend!"

Wie habe ich mich gesputet!

Nach Hause in einem überfüllten Bus, dann alles rauf in mein Zimmer. Nie habe ich so schnell gearbeitet! Der kleine Baum wurde auf eine Unterlage von rotem Kreppapier auf meinen Schreibtisch gestellt, Lichter angeklemmt und Lametta und bunte Kugeln aufgehängt. Dann ging es ans Paket von zu Hause. Ich wußte, daß da ein ganz weiches Päckchen war, bestimmt was Gestricktes. Das sollte Xenia haben, was es auch sei.

Es waren ein Paar schöne Norweger-Fäustlinge, von Beate gestrickt. Es könnte gar nicht besser passen! Sie wurden wieder eingepackt, der Anhängezettel ausgewechselt.

Aber was sollte ich sonst für Xenia hinlegen? Selbst hatte ich so viele Kleinigkeiten von den Kindern ... was war das nur? – „Von Annette" – ich machte das Päckchen auf. Es war eine Schachtel mit drei Stück Radiergummi, als Tiere geformt. Großartig! Also noch ein Anhängezettel: „Für meine liebe Tante Xenia von Bicky."

Als ich dann auch das Marzipan eingepackt hatte – „Für Xenia vom Weihnachtsmann", konnte ich in punkto Geschenke nichts mehr tun.

Dann legte ich meine eigenen Sachen auf das andere Ende des Tisches. Ich blieb mit Bernhards Paket in der Hand stehen. Wenn nun ein Brief drin wäre? Den möchte ich allein lesen – jetzt, bevor Xenia kam.

Erst am vierundzwanzigsten aufmachen, hatte ich versprochen. Aber heut war ja der vierundzwanzigste.

Also machte ich es auf. Und dann mußte ich mich ganz einfach hinsetzen! Ich traute meinen Augen nicht! Im Paket war ein ganz kleines, reizendes Taschenradio, ein kleines Batteriegerät für Mittel- und Langwelle. Nie in meinem Leben hatte ich ein so wertvolles Weihnachtsgeschenk bekommen!

Da war der Brief. Ich machte ihn mit zitternden Fingern auf:

Meine liebe kleine Heidi!

Am Heiligen Abend werden all meine Gedanken bei Dir sein, und nicht nur dann! Wie schön wäre es gewesen, wenn Du auch nach Pontresina führest und wenn wir zusammen herrliche Skitouren machen könnten! Als Norwegerin bist Du bestimmt ganz groß auf Skiern. Aber ich weiß ja, daß Du auch daheim bei Deinen Eltern sehr schöne Weihnachtstage verbringen wirst. Ich freue mich schon auf das gegenseitige Erzählen!

Mein kleines Geschenk soll Dir in den Arbeitspausen ein bißchen Unterhaltung verschaffen. Wenn ich Dich richtig verstanden habe, hast Du kein eigenes Radio. Du kannst es ja auch auf der Rückreise, auf der weiten Autofahrt benutzen, falls Dein Onkel kein Autoradio hat.

Liebes Heidilein, ob Du wohl ahnst, wie ich mich aufs Wiedersehen freue? Spätestens am frühen Morgen am 4. Januar, nicht wahr?

Eine ganz herzliche Weihnachtsumarmung sendet Dir

Dein Bernhard

Ich blieb einen Augenblick sitzen, mußte den Brief noch einmal lesen. Das mit Weihnachten zu Hause, mit der Autofahrt und dem Onkel piekste richtig in meinem Gewissen. Was würde es für eine Erleichterung werden, Bernhard alles zu beichten und die ganzen Lügen zurückzunehmen! Er würde ein bißchen schimpfen, aber er würde mich verstehen.

Lieber, guter Bernhard!

Dann stand ich auf und ging in die Küche. Was sage ich, ging? Nein, ich schwebte. Schwebte auf rosa Glückswolken!

Da hörte ich Xenias Schlüssel in der Hintertür.

Unser Weihnachtsabend konnte anfangen!

Den Weihnachtsabend vergesse ich nie

„Xenia, wir sind ja reich!" rief ich. Sie hatte ihre ganzen Einkäufe auf den Küchentisch ausgebreitet. Wir hatten reichlich für alle Feiertage. „Menschenskind, du hast dich ruiniert!"

„Durchaus nicht! Als ich meine Sachen beisammen hatte – lauter

Sonderangebote und so was – und es bezahlen wollte, sagte die Chefin: ‚Ach, das bißchen da, das schenke ich Ihnen zu Weihnachten', und dann legte sie sogar diese Tüte Nüsse und die Feigen dazu!"

„Wie machen wir es nun, Xenia? Essen wir gleich warm, oder machen wir es erst nach der Bescherung und so?"

„Wie macht ihr es bei euch zu Hause?"

„Oh, wir begnügen uns mit Broten und Kaffee, dann haben wir eine gemütliche Teestunde mit Kuchen gegen fünf, dann zünden wir die Kerzen an und kriegen unsere Geschenke, und dann erst geht es an das große warme Essen."

„Machen wir es doch genauso!" schlug Xenia vor.

Das taten wir dann.

Nach dem schnellen Butterbrotmittag zog Xenia sich eine Weile in ihr Zimmer zurück. Als ich sie rief, kam sie zum Vorschein in ihrem hübschen grünen Pulli, mit frischgekämmten Haaren und einem Päckchen in der Hand.

„Mensch, wie bist du hübsch!" platzte es aus mir heraus.

„Ach, du Quatschkopf", sagte Xenia mit einem kleinen Lächeln. „Übrigens, danke, gleichfalls. Das Kleid steht dir blendend!"

„Erbgut", gestand ich. „Von meiner gesegneten Schwester Beate!"

Xenia blieb in meinem Zimmer stehen. Sie guckte sich um, während ich die Kerzen am Baum anzündete.

„Wie hast du es schön gemacht, Heidi." Sie sprach ganz leise.

„Findest du? Ja, ich habe mir jedenfalls Mühe gegeben. Komm, setz dich. Der Tee ist frisch aufgebrüht, und es gibt norwegische Kuchen und deutschen Stollen!"

Ich machte das Radio an. Es war ein Kinderchor, der Weihnachtslieder aus verschiedenen Ländern sang.

Wir schwiegen, horchten, lächelten einander an.

Als das Chorkonzert zu Ende war, räumte ich den Tisch. Wir trugen das Geschirr in die Küche und gingen zurück zu unserem Bäumchen.

„So, Xenia, jetzt gibt es Geschenke! Bitte, das da links ist für dich!“

Wie hat sie sich über die Norweger-Fäustlinge gefreut! Sie zog sie an, bewegte die Hände, sah sich das Muster ganz verliebt an, zog sie wieder aus, streichelte sie.

„Heidi, ich weiß gar nicht, wie ich mich bedanken soll . . . ich freue mich ja so schrecklich . . . und sie sind so schön warm!“

Ich machte meine eigenen kleinen Päckchen auf, zum Glück waren es nur winzige Kleinigkeiten, aber so liebevoll zusammengestellt und eingepackt. Über das Päckchen von Frau Doktor Schönhagen freuten wir uns beide. Es enthielt eine Miniflasche Sekt, mit einem Zwanzigmarkschein umwickelt.

„Xenia, das hätten wir uns nun nicht träumen lassen, daß wir beide Sekt trinken sollten!“

„Das wird das erste Mal in meinem Leben sein!“ sagte Xenia.

„Für mich auch! Du, ich stelle schnell die Flasche kalt! Das muß man doch mit Sekt?“

Als ich zurückkam, reichte Xenia mir das Päckchen, das sie vorhin in der Hand gehabt hatte.

„Heidi, es ist beinahe nichts . . . nur . . . nur . . . ja also, etwas, was ich selbst gemacht habe . . .“

Es war eine Zeichnung vom Haus, von Frau von Waldenburgs ulkigem „Würfelhaus“. Und davor die Besitzerin und Bicky.

„O Xenia! Wenn du wüßtest, wie ich mich darüber freue! Du lieber Himmel, wie kannst du gut zeichnen! Du, das werde ich einrahmen lassen. Ja, jetzt habe ich doch das Geld dafür . . . es wird mir eine wunderbare Erinnerung an meine Studienzeit sein! Xenia, ich danke dir tausendmal, ich muß dich einfach umarmen!“

„Nun ja“, sagte Xenia mit einem kleinen Lächeln. „Tu, was du nicht lassen kannst!“

Also tat ich es!

*

Wie war der Abend schön! So unsagbar friedlich, so harmonisch, so ganz ungestört!

Nach dem Abendessen saßen wir wieder in meinem Zimmer, beim Kerzenschein und mit Nüssen, Feigen und der kleinen Sektflasche. Sie enthielt genau zwei Gläser, und wir empfanden es beide ganz feierlich, als wir den ersten Sekt unseres Lebens tranken.

Xenias Augen hingen an den unzähligen Fotos über meinem Bett.

„Ist das alles deine Familie?" fragte sie.

„Gewiß! Sie ist reichhaltig, findest du nicht?"

„Das kann man wohl sagen. Darf ich die Bilder genauer angucken?"

„Klar. Guck bloß!"

Sie stand auf, ging näher.

„Ach, da sind die Zwillinge, deine sogenannten Nichten! Eigentlich hätte ein Bild genügt, man sieht doch nicht den Unterschied!"

„Nein, den sehen nur die Eltern, die Geschwister und zum Glück die beiden Ehemänner! In der Schule brachten sie ihre armen Lehrer zur Verzweiflung!"

„Das da wird deine Schwester sein, nicht wahr? Und da . . . das sind doch deine Eltern?"

„Stimmt."

Xenia nahm das Bild, ging näher ans Licht, betrachtete das Foto lange.

„Wie alt ist deine Mutter, Heidi?"

„Sie wird demnächst sechzig."

Noch eine Weile betrachtete sie die Gesichter meiner Eltern. Dann legte sie das Bild aus der Hand, und nahm einen Schluck aus dem Glas.

„Wenn meine Mutter noch lebte, wäre sie jetzt sechsunddreißig", sagte Xenia. Sie guckte mich nicht an, sie starrte auf das Glas in ihrer Hand.

„Sechsunddreißig . . . ja, aber . . . aber du bist doch einundzwanzig."

„Ja, meine Mutter war fünfzehn, als ich geboren wurde. Du kannst dir vielleicht denken, daß ich nicht gerade ein Wunschkind war."

„Aber . . . aber . . . dein Vater?"

„Er lebt noch. Nein, ich kenne ihn nicht. Er sitzt wohl irgendwo als Familienvater und wohlangesehener Bürger. Er ist übrigens Architekt."

„Ach, von ihm hast du deine Zeichenbegabung!"

„Möglich." Xenias Stimme war trocken und ausdruckslos.

„Xenia, wann starb deine Mutter? Erinnerst du dich noch an sie?"

„O ja. Aber nicht als Mutter. Meine Großmutter nannte ich Mutter, und meine wirkliche Mutter war offiziell meine große Schwester, die ich mit Vornamen nannte. Sie hieß Brigitte."

Xenia machte eine Pause, trank wieder einen Schluck. Dann stellte sie das Glas weg, und mit einemmal fing sie an zu reden. Sie sprach pausenlos, es war, als ob alles, was sie mit sich herumgetragen hatte, plötzlich hervorquoll, als ob es raus müßte. War es das eine Glas von dem ungewohnten Sekt, oder war es das Gefühl, eine Freundin zu haben, eine, die sie verstehen würde, eine, zu der sie Vertrauen haben konnte?

„Kannst du dir so einen Quatsch denken? Natürlich wußte das ganze Dorf, daß ich Brigittes Tochter war. Nur ich selbst nicht. Ich liebte Brigitte. Sie war so unsagbar gut zu mir. Ich hing an ihrem Rockzipfel, wo sie stand und ging, war ihr immer im Weg bei der Arbeit, und sie mußte viel arbeiten. Es gab genug zu tun auf dem kleinen Hof meiner Großmutter, nachdem Großvater gestorben war. Meine arme kleine Mutti! Was hat sie alles durchmachen müssen, was hat sie alles meinetwegen über sich ergehen lassen müssen. Wie habe ich geweint, als sie krank wurde und ins Krankenhaus kam! Und sie kam nie zurück. Ich war sechs Jahre alt.

Xenia machte eine Pause, blies eine Kerze aus, die niedergebrannt war. Dann sprach sie weiter.

„Was mich rettete, war die Schule. Du wirst es kaum glauben, aber ich bin leidenschaftlich gern zur Schule gegangen! Ich war ja so neugierig, es gab so viele Fragen, die mir niemand beantworten konnte. Es hieß immer ‚ich habe keine Zeit' oder ‚störe mich nicht' oder ‚hör doch auf mit deiner ewigen Fragerei'. In der Schule durfte ich fragen, und ich bekam Antwort auf viele Fragen, die ich überhaupt nicht gestellt hatte, kurz, ich durfte lernen, und ich habe es genossen! Ich lernte sehr schnell, ich war wohl die aufmerksamste Schülerin, die es in unserer Dorfschule gegeben hatte. Und ich fing an zu lesen! Ich holte mir Bücher aus der Schulbücherei, ich las heimlich im Bett, ich las in den Pausen zwischen den Unterrichtsstunden. Bei uns zu Hause, also bei meiner Großmutter, gab es die Bibel, ein Gebetbuch, ein paar Bücher über Landwirtschaft und einen einzigen Roman, ein zerfetztes, uraltes Buch über eine rothaarige Gräfin, die Xenia hieß. Ja, aus dem Buch hat wohl meine kleine Mutti meinen Namen geholt. Den Namen, der mich anders machte als andere Kinder. Oh, ich war immer anders. Meine unmöglichen Haare, mein Name, und dann die Tatsache, daß ich immer in meiner Klasse die Beste war. Und dann natürlich meine Existenz überhaupt, ein uneheliches Kind ‚in Sünde gezeugt'. Ich hätte ja gar nicht auf der Welt sein dürfen! Ich war eben ein Unglücksfall, mit dem die Familie sich abquälen mußte. Als meine Großmutter starb, übernahm die älteste Tochter, also meine Tante und deren Mann, den Hof... und mich. Das letztere war bestimmt das schlimmste. So ein unerwünschter Anhang, so ein rothaariges Mädchen, das immer auffiel, weil es ‚anders' war!

Als der Schullehrer sich dafür einsetzte, daß ich auf die höhere Schule kam, konnte mein Onkel nicht dagegen protestieren. Mein Vater hatte nämlich statt einer monatlichen Unterstützung eine große Summe bezahlt. Und das Geld wurde von dem Vormundschaftsgericht in Zusammenarbeit mit meinem Vormund, dem alten Pfarrer, verwaltet. Alle waren sich einig, daß ich weiterlernen durfte, um so mehr, da mein Vater es als Bedingung gestellt hatte. Das

Kind sollte eine gute Ausbildung haben. Also kam ich in die höhere Schule, ich wurde Fahrschülerin, was an sich mein Glück wurde. In der Bahn hatte ich Zeit, meine Aufgaben zu lernen. Ich hatte jeden Morgen und jeden Nachmittag vierzig Minuten Fahrzeit, ja, so weit lag unser Dorf von der nächsten Stadt entfernt. Zu Hause mußte ich immer mithelfen, im Haushalt und auf dem Hof. Am liebsten war mir die Arbeit im Kuhstall. Bei den Tieren fühlte ich mich wohl, ja beinahe glücklich."

Ich nickte. Ich hatte doch gesehen, wie Bicky sich spontan für Xenia begeistert hatte. Aber ich sagte kein Wort. Ich wollte Xenia nicht unterbrechen.

„In der Bahn lernte ich Jessica kennen. Sie war schon in der Unterprima. Sie war immer so lieb und nett zu mir. Als ich einmal zum Nachbardorf geschickt wurde, um Enteneier in ein Geschäft abzuliefern, zeigte es sich, daß das Geschäft Jessicas Eltern gehörte. Da traf ich sie dann wieder, und sie lud mich zum Kaffee ein, und ich lernte ihre Eltern kennen. Du kannst dir nicht denken, was für nette Menschen sie sind. Ich war immer froh, wenn ich dorthin geschickt wurde. Da hörte ich kein Wort darüber, daß ich ‚anders' war, und kein Mensch guckte mich schief an. Aber dann machte Jessica ihr Abitur und kam nach Kiel zum Studieren, und ich war wieder allein."

Jetzt wagte ich eine Frage: „Aber Xenia, waren denn deine Tante und der Onkel nicht gut zu dir?"

„Was heißt gut? Ja, ich bekam genug zu essen, und ich bekam die notwendige Kleidung. So was wurde kontrolliert, da kam die Gemeindeschwester und paßte auf. Sie sah, daß ich anständig angezogen war, und sie ließ sich meine Zeugnisse zeigen. Und dann war alles in Ordnung. Man kann Pflegeeltern auferlegen, daß sie einem Kind Essen und Kleidung geben. Aber eins kann man nicht tun: Man kann es ihnen nicht auferlegen, Liebe zu schenken! Man kann nicht kommen und fragen: ‚Ja haben Sie nun Ihrem Pflegekind auch Nestwärme gegeben? Haben sie auf die Fragen des Kindes geantwortet, und haben Sie sich um die kleine Seele gekümmert?' Siehst du, das hat kein Mensch getan. Ich war immer allein. Furchtbar allein. Aber die kleinen Kinder mochten mich leiden. Sie rannten hin zu mir auf der Dorfstraße, sie steckten ihre kleinen Pfötchen in meine Hand, sie plauderten, sie wollten, daß ich mit ihnen spiele, sie schenkten mir Vertrauen. Wenn ich nicht die Kinder und die Tiere gehabt hätte . . ."

Xenia schwieg. Sie guckte auf die Uhr.

„Es ist furchtbar spät geworden, Heidi."

„Bist du müde?"

„Keine Spur. Bist du's?"

„Überhaupt nicht. Erzähl bitte weiter."

„Willst du wirklich mehr hören?"

„Ja, Xenia. Ich möchte alles hören."

„Aber was jetzt kommt, ist nicht schön."

„Ich möchte es trotzdem hören."

„Na gut. Also . . . ach Heidi, können wir uns nicht eine Tasse Kaffee machen?"

„Mach ich. Bleib du sitzen."

Ich brachte den Kaffee. Als ich ins Zimmer trat, saß Xenia und starrte auf das Bild meiner Mutter.

„Glaubst du, daß deine Mutter mich verstehen würde, Heidi?"

„Sicher. Meine Mutter versteht alle Menschen."

„Tust du es auch?"

„Ich versuche es. Ich bin ja schließlich die Tochter meiner Mutter."

Xenia trank einen Schluck von dem starken, heißen Kaffee. Dann sprach sie weiter.

„Das Geld von meinem Vater reichte gerade noch, daß ich das Abitur machen konnte. Ich hatte das beste Resultat in der Schule. Im Dorf sagte irgend jemand: ‚Das geht nicht mit rechten Dingen zu!'

Dieser Satz wurde mir zum Verhängnis. Heidi, hast du eine Ahnung, wie in einem Dorf geklatscht werden kann? In einem abgelegenen Dorf, wo der Aberglaube die wildesten Blüten treibt?

Nun, ich war an das Dorf gebunden. Mein Onkel sagte mir unverblümt, es sei an der Zeit, daß ich endlich etwas zu Hause täte, ich müsse fürs Wohnen und Essen etwas leisten. Denn, wie gesagt, mein Geld war alle. Und ich war noch nicht mündig. Dann faßte ich im stillen den Plan, eine Zeit noch auszuhalten, dann wollte ich in der Stadt eine Arbeit suchen, ganz egal was, nur daß ich Geld verdienen konnte und mir etwas fürs Studium zusammensparen. Ich wollte Lehrerin werden und nichts anderes auf der Welt! Ich sehnte mich zurück nach der Schule, die mir soviel gegeben hatte, ich wollte zurück in das Schulmilieu. Außerdem liebe ich Kinder und könnte mir nichts Schöneres denken, als solche kleine Schulanfänger oder vielleicht auch größere, dazuzubringen, mit Lust und Liebe zu lernen.

Dann schuftete ich also, in meinem sogenannten Zuhause. Wenn ich beim Dorfkrämer war, oder am Postamt oder nur auf der Straße, merkte ich, daß die Leute sich nach mir umdrehten und tuschelten. Ich dachte, es ging wohl um meine Haare oder um meine Geburt, oder vielleicht um mein Abitur. Aber ich sollte bald was anderes erfahren.

Ich war es gewohnt, daß Hunde, Katzen und vor allem Kinder, meine Gesellschaft suchten. Eines Tages stand ich und streichelte den Hund des Nachbarn. Am folgenden Tag erkrankte das Tier und starb. Dann hörte ich zum erstenmal das schreckliche Wort, das sich wie ein Fluch über mein Dasein gelegt hat: ‚Sie hat das Tier verhext! Sie ist eine Hexe!‘“

Hier mußte ich Xenia unterbrechen. Ich guckte sie entsetzt an: „Entschuldige, Xenia, aber jetzt glaube ich, hapert es mit meinen deutschen Sprachkenntnissen! Das Wort Hexe kenne ich nur aus den Märchen, so wie die Hexe in ‚Hänsel und Gretel‘. Ja, und aus der

Geschichte des Mittelalters, als Frauen manchmal für Hexen gehalten und auf dem Scheiterhaufen verbrannt wurden. Bedeutet das Wort auf deutsch etwas anderes?"

„Nein. Genau das, was du sagst."

„Aber Xenia, es gibt doch wohl heute, im zwanzigsten Jahrhundert, keinen Menschen, der an Hexen glaubt!"

„Hast du eine Ahnung! Es gibt noch heute abgelegene Dörfer, wo man es tut, Dörfer, wo man den ‚Hexenmeister' kommen läßt, um die bösen Geister auszutreiben . . . sollte ich dir alles erzählen, was ich darüber weiß, ich würde bis Ostern reden. Also, im Dorf hielten sie mich für eine Hexe, und sie machten mir das Leben zur Hölle! Wenn ein Kind zu mir hinlief, wurde es zurückgerissen, bekam womöglich eine Ohrfeige, und es hieß ‚rühr nicht die Hexe an!' Alles was an Unheil im Dorf passierte, wurde mir in die Schuhe geschoben. Als eine Scheune niederbrannte, konnte gleich jemand erzählen, man hätte mich am Abend vorher gerade an dieser Scheune gesehen. Wenn ein Tier erkrankte, wenn etwas kaputtging, wenn ein Kind hinfiel und mit einer Schurfwunde heulend nach Hause kam . . . immer war es ‚die Hexe'.

Und was konnte ich tun? Nur arbeiten, ganz toll arbeiten, und dadurch beweisen, daß ich ein nützlicher Mensch war. Aber das war auch verkehrt. Wenn ich eine Arbeit doppelt so schnell schaffte wie eine andere, da hieß es gleich ‚Kunststück, sie steht mit dem Teufel im Bunde! Sie ist eine Hexe!'.

Ein Jahr habe ich ausgehalten. Ich hatte versucht, mit meinem Onkel zu sprechen, seine Zustimmung zu kriegen, daß ich mich in der Stadt nach einer Arbeit umsehe. Aber trotz all der Unannehmlichkeiten, die es ihm bestimmt verschaffte, die ‚Hexe' im Haus zu haben, bestand er darauf, daß ich blieb. Er brauchte meine Arbeitskraft! Dann wollte ich zu meinem Vormund, dem lieben alten Pfarrer. Ich konnte ihn nicht sprechen, er sei ernstlich erkrankt. Kurz danach starb er.

Dann sparte ich eben die paar Mark, die ich jeden Monat als sogenanntes Gehalt bekam. Es war eine Lächerlichkeit, und es wurde mir immer unter die Nase gerieben, daß ich Wohnung und Essen hätte, und ich solle daran denken, daß ich so viele Jahre in meinem Größenwahn die höhere Schule besucht habe, statt meine Pflicht zu Hause zu tun.

Dann kam aber die Explosion.

Ich hatte schon gesehen, daß am Kuhstall gebaut wurde, aber ich kümmerte mich wenig darum. Ich durfte sowieso nicht zu den Tieren. Aber dann ... dann bekam ich die schreckliche Wahrheit zu wissen. Der Onkel hatte sich mit drei anderen Bauern zusammengetan, sie wollten die Viehhaltung ‚intensivieren', das heißt, sie kauften Kälber auf, und die armen Tiere wurden in dem umgebauten Kuhstall untergebracht, bei Dämmerlicht, bei siebenunddreißig Grad Hitze, ohne Streu, in wahnsinnig engen Boxen, und mit künstlichem, flüssigem Futter durch einen Schnuller ernährt.

Dann platzte ich. Ich schrie dem Onkel meine Meinung ins Gesicht, ich nannte ihn einen verdammten Tierquäler. Aber er antwortete, diese Kälberhaltung sei erlaubt und sei jetzt üblich und ich hätte gefälligst meinen Mund zu halten!

Dann beging ich eine große Unvorsichtigkeit. Ich war außer mir vor Wut und Verzweiflung, ich heulte dicke Tränen, Heidi, ich hatte die Tiere gesehen, ich war dabei, als der erste Kälbertransport kam ... du machst dir keine Vorstellung darüber, was das für Tierquälerei ist! Also, in meiner Verzweiflung schrie ich ‚ihr nennt mich eine Hexe, und jetzt wünsche ich, ich wär's! Dann hätte ich all die armen Tiere verhext, damit sie einen schnellen Tod bekämen!'.

Weißt du, was dann geschah? Eines Nachts hatte die Entlüftungsanlage versagt, und sämtliche Kälber erstickten!

Ich wußte, jetzt würde etwas Schreckliches mit mir geschehen. Ich hatte Angst ... Gott, was hatte ich für Angst!

In der Nacht bin ich geflohen. Ich packte meine paar Sachen in einen Sack – den blauen, den du kennst – steckte alles, was ich an Geld hatte, in die Tasche und schlich aus dem Haus.

Später bin ich nie mehr in meinem Heimatdorf gewesen."

Ich hatte gehorcht, hatte jedes Wort in mich aufgenommen. Jetzt fühlte ich, wie die Tränen mir übers Gesicht liefen.

Ich nahm Xenias Hände in die meinen.

„Xenia . . . liebe, gute, arme Xenia . . . wie ist es möglich, daß ein junger Mensch so was durchmachen muß! Xenia, jetzt mußt du weiter erzählen. Was hast du dann getan?"

„Ich ging und ging, kilometerweit, bis meine Füße schmerzten und bis ich kaum noch gucken konnte. Dann erreichte ich eine Autobahnauffahrt, und ein Fernfahrer hat mich mitgenommen. Er fuhr nordwärts, und das war mir gerade recht. Es wäre einfacher, an die Schweizer Grenze zu kommen, aber dort würde man mich vielleicht suchen. Ich wollte nach Norden, vielleicht nach Dänemark. Jedenfalls so weit weg wie möglich. Schon damals schwebte wohl Kiel rum in meinem Kopf, ich wußte, daß Jessica hier wohnte, und ich dachte, sie könnte mir irgendwie helfen. Dann fiel mir aber ein, daß jetzt gerade Semesterferien waren. Also konnte ich an der Uni nicht ihre Anschrift erfahren.

Der Fernfahrer war recht nett zu mir. Er teilte sogar sein Brotpaket mit mir. In Hannover war er am Ziel, und ich war wunderbar weit weg von meinem Dorf.

In einem Ladenfenster sah ich ein Plakat „Reinemachehilfe gesucht". Ich bekam den Job und sogar den Schlüssel, damit ich abends die Tür hinter mir zumachen konnte. Hinter mir . . . denkste! Wenn alles leer und ich allein war, legte ich mich im Lagerraum schlafen. Ich mußte nur höllisch aufpassen, daß ich früh genug morgens aus dem Haus war.

Ich wagte nie, lange an einem Ort zu bleiben. Ich fürchtete ja immer, daß ich gesucht wurde und daß die Polizei herausfinden würde, wo ich war. Ich blieb ein paar Wochen, kündigte unter einem Vorwand, dann ging es weiter in eine andere Stadt. Ich habe um fünf Uhr morgens Zeitungen ausgetragen, ich habe in einem Park Unkraut gejätet, ich bin bei einem Kaufmann Laufmädchen gewesen, und immer habe ich Geld gespart, gespart und gespart!

Die beste Zeit hatte ich bei einer alten, einsamen Frau. Ich machte ihre Besorgungen und hielt ihre Wohnung – ein Zimmer und Küche – sauber. Da durfte ich in der Küche schlafen. Ich konnte ja kein Geld von ihr nehmen, das verdiente ich durch Servieren in einer Kneipe, abends. Und immer zählte ich Monate und Tage, bis zu meinem einundzwanzigsten Geburtstag! Dann würde ich mündig sein, dann konnte ich mein Leben in Ordnung bringen und nicht wie eine Geächtete immer von Ort zu Ort flüchten. Damals hatten wir noch nicht das Gesetz, mit 18 Jahren volljährig zu sein. Ach, wenn das Gesetz nur eher gekommen wäre!" Xenia leerte ihre Kaffeetasse. Dann sprach sie weiter: „Meine gute alte Frau kam ins Krankenhaus und starb. Und ich . . . ach, warum soll ich dich mit Einzelheiten plagen? Ich habe im Winter in einer verlassenen Gartenlaube schwarz gewohnt und mich halbtot gefroren. Ich habe Nächte in Bahnhofs-Wartesälen verbracht. Und immer die Tage gezählt!

Einmal traf ich eine furchtbar nette Frau in einem solchen Wartezimmer. Sie hatte den Zuganschluß nicht gekriegt und mußte drei Stunden warten, mit zwei übermüdeten und dementsprechend unmöglichen Kindern. Ich half ihr, auf die Kinder aufzupassen und sie zu beschäftigen. Wir kamen so ins Plaudern, und sie erzählte mir, daß sie in die Schweiz fahren wollte. Ich bat sie, dort einen Brief einzustecken. Dann schrieb ich an den Onkel und die Tante. Ganz kurz. Schrieb nur, daß sie sich keine Sorgen um mich machen sollten, ich hätte Arbeit, und es ginge mir gut. Fertig. Die nette Dame behauptete, die Schweizer Briefmarke, die sie für mich kaufen wollte, wäre ein sehr niedriges Honorar für beinahe drei Stunden Kinderhüten!

Es war mir eine Erleichterung zu wissen, daß sie da im Dorf jetzt glauben würden, ich hätte mich in die Schweiz abgesetzt.

Nun ja, der Rest ist schnell erzählt. Ich arbeitete mich durch bis nach Kiel, und dort bekam ich Jessica zu fassen. Ich erzählte ihr ein ganz klein wenig von dem, was ich dir erzählt habe. Dann hat sie mir geholfen. Inzwischen hatte ich endlich die ersehnten einundzwanzig Jahre erreicht! Durch eine Zeitungsanzeige bekam ich den Ferienjob in Niedersachsen, und von dort kam ich hierher."

Xenia schwieg. Es dauerte auch lange, bis ich Worte fand.

„Xenia", sagte ich zuletzt, „weißt du, es ist mir unfaßbar, wie du durchgehalten hast! Wo in aller Welt hast du die Stärke geholt?"

Xenia lächelte. Ein kleines, müdes Lächeln.

„Ich habe einmal einen Spruch gelesen, der sich in meinem Kopf festgebissen hat. ‚Was mich nicht umbringt, macht mich stärker.' Wenn es mir am allerschlechtesten ging, sagte ich mir selbst: ‚Dies bringt dich nicht um, Xenia! Es darf dich nicht umbringen! Es macht dich stark, vergiß das nicht!' Siehst du, Heidi. Ich bin hart und unausstehlich und mißtrauisch geworden. Und bis jetzt habe ich immer nur Schlechtes von meinen Mitmenschen geglaubt. Aber, ich bin stark geworden! Nichts darf mich umbringen, alles soll mir helfen, immer stärker zu werden!"

Ich stand auf, ging hin zu Xenia, legte meine Arme um ihren Hals und küßte ihre Wange. Sie sah mich an und sprach ganz leise: „Willst du mich noch als Freundin haben, Heidi?"

„Und ob ich das will! *Ob* ich es will! Jetzt mehr denn je! Liebe, tapfere Xenia! Ich bin stolz, daß ich mich deine Freundin nennen darf!"

Ein Brief aus England

Ich schlief nicht viel in dieser Weihnachtsnacht.

Immer hörte ich Xenias Stimme in den Ohren, immer sah ich ihr Gesicht vor mir, wie sie dasaß und sprach und sprach . . . Ich fühlte mich so lächerlich, ich, mit meinem ereignislosen kleinen Leben, mit meinem gutbürgerlichen Zuhause, ich mit dem Schutz guter Eltern . . . was war ich eigentlich? Ein bodenlos naives, oberflächliches Mädchen mit einem winzigen Horizont. Was wußte ich von der Welt, was wußte ich über die Schwierigkeiten, die Probleme, die Kämpfe anderer Menschen? Meine lächerlichen kleinen Geldsorgen schrumpften zu einem Nichts zusammen. Ich mußte mich immer wieder fragen: Wie wäre ich mit einem solchen Schicksal wie Xenias fertig geworden? Mich hätte es nicht stärker gemacht. Mich hätte es umgebracht.

Ich schlief erst im Morgengrauen ein und wachte entsprechend spät auf. Xenia war es wohl auch so ergangen, denn es war beinahe zehn Uhr, als wir uns in der Küche mit einem gegenseitigen „Frohe Weihnachten" trafen.

„Was machen sie jetzt bei dir zu Hause?" fragte Xenia am Frühstückstisch.

Da mußte ich lachen.

„Du wirst es mir nicht glauben, aber Tatsache ist, daß ich noch nicht dazugekommen bin, daran zu denken! Ich denke nur noch an das, was du mir heute nacht erzählt hast!"

„Ich habe mir auch Vorwürfe gemacht", gestand Xenia. „Daß ich dir gerade an einem Heiligen Abend die ganze, häßliche Geschichte erzählt habe!"

„Vorwürfe!“ rief ich. „Ich hätte um nichts auf der Welt den Abend und deine Erzählung entbehren wollen! Du ahnst nicht, was du mir dadurch gegeben hast! Du hast mich zum Nachdenken gebracht, und du hast mir etwas geschenkt, worüber ich gar nicht dankbar genug sein kann: dein Vertrauen! Du, die stille, schweigsame, beinahe rätselhafte Xenia – *du* hast so offen mit mir geredet wie kein anderer Mensch! Eins verspreche ich dir übrigens: Ich werde nichts, kein Wort davon weitererzählen, es sei denn, du würdest es mir ausdrücklich erlauben. Ich frage mich nur, wie kamst du dazu, mir so ein Vertrauen zu schenken?“

Xenia lächelte.

„Das ist doch einfach. Du hattest mir gesagt, daß du mich gern als Freundin haben möchtest, nebenbei gesagt habe ich das zum erstenmal in meinem Leben gehört. Dann solltest du auch alles über mich wissen. Siehst du, ich wollte ja die ganze Zeit auch dich als Freundin haben . . . so furchtbar gern . . .“

„Das hast du aber nie gezeigt!“

„Ich wagte es nicht. Ich, die unehelich Geborene, die Verfolgte, die Geächtete, die ‚Hexe‘, wie sollte ich es wagen, einem Mädchen aus einem so guten Elternhaus, aus so geordneten Verhältnissen, meine Freundschaft anzubieten?“

„Schäme dich, Xenia. Wie kannst du so schlecht über dich denken? Mir ist es doch schnurzpiepegal . . .“

Ich wurde von Xenias hellem Lachen unterbrochen.

„Heidi, du kannst aber gut Deutsch! Wo in aller Welt hast du den Ausdruck gelernt?“

„Schnurzpiepegal? Ach, von meiner Nichte. Von Senta. Aber du darfst mich nicht unterbrechen. Ich wollte sagen, mir ist es also schnurz . . . und so weiter wie und wo und warum du geboren bist, und was blöde Menschen über dich gedacht haben! Nur eins kann ich nicht verstehen . . .“

Xenia nickte.

„Ich weiß, was du sagen willst. Warum ich dann so abscheulich zu dir war, als du damals das Anklopfen vergessen hattest ..."

„Ja, gerade daran dachte ich."

„Verstehst du das nicht? Ich war wohl neidisch, ganz einfach neidisch, ich war verbittert. Du hattest so fröhlich von deinen Eltern erzählt, von deiner einmaligen Mutter ... dann kamst du zu mir hereingeplatzt, gerade als ich ... sag mal, hast du eigentlich gesehen, womit ich beschäftigt war, als du kamst?"

„Ja. Ich habe es gesehen. Ich kann nur eins nicht begreifen, warum du nicht gleich Frau von Waldenburg gesagt hast: ‚Ach, wenn Sie die Strumpfhose wegwerfen wollen, geben Sie sie doch lieber mir, ich kann sie verwerten.' Das wäre doch viel einfacher, als ..."

„... als sie aus der Mülltonne zu holen, bestimmt. Aber siehst du, in all der schrecklichen Zeit habe ich niemals jemanden um etwas gebeten ... außer die Frau am Bahnhof, die mir den Brief einsteckte. Ich habe nichts geschenkt bekommen. Ich wollte keine Bettlerin sein, und ich wollte kein Mitleid haben!"

„Das verstehe ich. Aber übertreibst du nicht ein wenig, Xenia? Zum Beispiel was diese Strumpfhose betrifft?"

„Hättest du an meiner Stelle gefragt?"

„O sicher! Ich bin es gewohnt, Kleidung zu erben und jedes halbwegs brauchbare Stück zu verwerten."

„Kleidung zu erben", wiederholte Xenia. Sie warf einen Blick auf ihren eigenen hübschen grünen Pulli. „Weißt du, woher ich diesen Pulli habe, Heidi?"

„Wie sollte ich das wissen?"

„Du kannst es auch nicht erraten. Ich habe ihn halbwegs geklaut, halbwegs gekriegt. Ich habe bei einer Altkleidersammlung einen Sack geklaut, den man an Sammeltagen an den Straßenrand stellt, weißt du. Mitten in der Nacht habe ich ihn geklaut und ihn mitgeschleppt in die Gartenlaube, wo ich damals schwarz wohnte. Da fand ich diesen Pulli, und ich fand Unterwäsche und ... das allerbeste, ein

Paar brauchbare Schuhe, nur eine Nummer zu groß. Die habe ich noch. Oh, es ist unwahrscheinlich, was die Leute so wegwerfen! Das zweitemal hatte ich nicht soviel Glück, da waren lauter Männersachen drin, aber ich habe jedenfalls ein warmes Halstuch gefunden und eine viel zu große Strickjacke, die übrigens meine Rettung wurde."

„Du sagst immer klauen, Xenia, aber das war doch kein Diebstahl. Solche Sachen sind doch für Bedürftige gedacht!"

„Damit habe ich auch mein Gewissen beruhigt!"

„Gewissen", wiederholte ich langsam. „Weißt du, es ist mir ein Rätsel, daß du noch ein Gewissen hast, nach allem, was du durchgemacht hast. Ich fürchte, ich hätte an deiner Stelle geklaut, wo ich nur könnte, aus lauter Selbsterhaltungstrieb!"

„Vielleicht war der Drang, den Selbstrespekt zu erhalten, bei mir größer als der Selbsterhaltungstrieb", sagte Xenia. „Ich wußte ja, daß diese schrecklichen Monate vorübergehen würden, daß ich einmal in geordnete Verhältnisse kommen würde, und dann wollte ich nichts zu bereuen haben!"

Es entstand eine kleine Pause.

„Xenia, ob du eine Ahnung hast, wieviel ich seit gestern abend von dir gelernt habe?"

„Nun hör aber auf!"

„Das kann ich gern, aber du sollst es mir glauben. Was machen wir heute, Xenia?"

„Lernen! Lesen! Mußt du das nicht auch? Etwas von dem nachholen, was du bei deinem Praxissaubermachen vernachlässigt hast?"

„Du hast recht, unbedingt. Aber was mich betrifft, mache ich etwas, was noch wichtiger ist. Ich will meinen Eltern schreiben und alles beichten! Und . . . ich darf doch erzählen, daß du genau dasselbe getan hast wie ich? Und daß wir es unbeschreiblich schön zusammen haben . . . und daß wir schrecklich gute Freunde sind?"

„Ja", sagte Xenia. „Das darfst du erzählen."

Ich saß tief in meinem Brief vergraben, als Xenia – ohne anzuklopfen! – mein Zimmer betrat.

„Bitte sehr. Zwei Briefe für dich."

„Du liebe Zeit, die müssen gestern gekommen sein, aber sag bloß, wie du sie aus dem Briefkasten gekriegt hast, wir haben ja keinen Schlüssel!"

„Man kann Unglaubliches mit einer Küchenschere und einem Schaschlikspieß schaffen", lächelte Xenia. „Jetzt habe ich etwas zusammengeknülltes Papier reingesteckt, so daß die nächsten Briefe nicht ganz tief in den Kasten plumpsen!"

Die Briefe waren von den Eltern und von Sonja. Letzterer mit einem beigefügten Bild von den Zwillingen. Sie ähnelten sich wie ein Ei dem anderen. Ob die Eltern sie auseinanderhalten konnten? Ich mußte an Hans Jörgens Kommentar denken, als das Telegramm damals im Herbst kam: „So, jetzt haben wir dasselbe Theater noch einmal!"

Sie waren übrigens zum Fressen süß. Natürlich mußte ich sofort Xenia das Bild zeigen. Klar, daß sie hingerissen war, sie mit ihrer großen Kinderliebe!

Nach den gewöhnlichen Weihnachtswünschen schrieb Sonja: „Ich habe übrigens etwas Besonderes auf dem Herzen. Liebes Täntchen, hast Du zufällig vor, in den Semesterferien einen Job anzunehmen? In dem Fall, sage es mir bitte. Ich wüßte etwas für Dich! Nimm jedenfalls keine Arbeit an, bis Du nicht mir geschrieben hast. Versprichst Du mir das?"

Das konnte ich mit gutem Gewissen versprechen. Ich schrieb sofort ein paar Worte, da ich nun sowieso diesen Vormittag dem Briefeschreiben gewidmet hatte.

Aber ob ich einen Job annehmen würde, das wußte ich noch nicht. Ich wollte zuerst mit Bernhard sprechen. Wenn er nun irgendeine großartige Idee hätte . . . ob es sich so machen ließe, daß wir die Ferien zusammen verbrächten?

Ich machte das kleine Radio an, und ich blieb sitzen und starrte gedankenvoll auf nichts. Ich freute mich so schrecklich auf Bernhards Rückkehr! Ich freute mich darauf, ihm alles beichten zu können, und auf unsere Morgenwanderungen und auf Ausflüge in seinem schönen Wagen . . . oh, ich hatte soviel, worauf ich mich freuen konnte!

Es war mir eine Riesenerleichterung, den dicken Brief an die Eltern einzustecken. Übermorgen würden sie ihn haben, und ich konnte wieder ein gutes Gewissen haben und brauchte nicht mehr zu lügen.

Daß ich gerade die drei Menschen, die mir am liebsten waren, so furchtbar belogen hatte!

Aber ich hatte ja keine Wahl gehabt!

In einem Punkt waren Xenia und ich uns einig: Wir wollten gleich bei Frau von Waldenburgs Heimkehr alles beichten!

„Eigentlich hatte ich es nicht vorgehabt", gestand mir Xenia. „Aber jetzt, wo wir beide sozusagen die Verantwortung teilen . . . glaubst du, daß sie uns böse ist?"

„Bestimmt nicht! Aber sag mal, wieviel weiß Frau von Waldenburg über dich?"

„Nicht sehr viel. Wahrscheinlich das, was ich Jessica erzählt habe. Daß ich unehelich geboren bin und eine etwas, na sagen wir, lieblose Kindheit gehabt und es finanziell sehr schwer habe."

„Ich meine, daß sie beide glauben konnten, du führest nach Hause zu Weihnachten?"

„Ich habe an dem Donnerstagabend, du weißt, bei dem Essen, Jessica gesagt, ich sei über Weihnachten bei einer Kommilitonin eingeladen. Kurz danach brachen die Gäste auf, und Jessica hat wahrscheinlich kein Wort zu Frau von Waldenburg gesagt. Ist ja auch egal."

Der Alltag kam, und wir gingen zu unseren Nachmittagsjobs. Das Geld wuchs in unseren Sparbüchsen.

„Wir könnten vielleicht von Glück sagen, daß wir so billig wohnen!" sagte ich eines Tages.

„Glück ist gar kein Wort", meinte Xenia. „Wenn du wüßtest, wie gern ich etwas für Frau von Waldenburg tun möchte . . . etwas Richtiges, Großes . . . oh, ich weiß was! Machst du mit?"

„Klar, aber was?"

„Sie hat es doch vor Weihnachten nicht geschafft, die Küche gründlich sauberzumachen! Wollen wir das tun? Alle Schubfächer und Schränke, Türen und Fenster reinigen?"

Gesagt, getan. Wir gingen los mit Eimern und Lappen, räumten alle Schränke aus, keine Ecke blieb vor unserer Putzwut verschont!

„Du siehst so anders aus, Xenia", sagte ich. „Wenn du so ein Kopftuch trägst und kein einziges Härchen zu sehen ist, kennt man dich beinahe nicht wieder!"

„Das habe ich mir angewohnt in der Zeit, wo ich nicht wiedererkannt werden wollte", sagte Xenia. „Außerdem habe ich meinen zweiten Vornamen benutzt . . . ja, ich heiße Xenia Maria. Und da ich zum Glück den nicht gerade seltenen Namen Müller trage, hoffte ich ja, daß meine verschiedenen Arbeitgeber in dieser Maria Müller nicht die eventuell gesuchte Xenia Müller mit den krausen Haaren wiedererkennen würden!"

„Hat man dich denn überhaupt gesucht?"

„Ich glaube nicht. Das ganze Dorf hat sich bestimmt gefreut, daß es mich los wurde."

„Aber du, Xenia. Etwas wundert mich. Du mit deinem glänzenden Abitur, du müßtest doch eine Studienhilfe bekommen können!"

„Ja, ich danke! Dann müßte ich alle Papiere einschicken, dann müßte ich womöglich irgendein Zeugnis von meinen Pflegeeltern haben, es würde alles aufgewühlt werden! Nein, ich bin selig, wenn ich ganz anonym bleiben kann. Reich mir bitte das Scheuerpulver, Heidi, ich möchte nicht extra von dieser verflixten Trittleiter runterkrabbeln."

Am Silvesterabend, als wir neue Kerzen an den Baum angemacht und Beates Hammelfleisch in Aspik als Festmahl gegessen hatten, erzählte ich Xenia von Bernhard.

„Wie ich es dir gönne, Heidi", sagte sie mit einer ganz sanften Stimme. „Hoffentlich wird er dich nie enttäuschen!"

„Warum sollte er?"

„Nein, du hast recht. Warum sollte er?"

Kurz vor zwölf machten wir das Radio an. Als die zwölf feierlichen Glockenschläge das neue Jahr verkündeten, reichten wir uns die Hände.

„Alles Gute fürs neue Jahr, Heidi!"

„Dir dasselbe, Xenia. Und ich danke für das, was du mir im vergangenen Jahr geschenkt hast!"

„Wer hat hier zu danken?" antwortete Xenia.

„Hoffentlich wird er dich nie enttäuschen!"

„Was bin ich für ein Schaf!" stöhnte Frau von Waldenburg. „Ein Idiot, ein Quadratrindvieh!"

Sie war am zweiten Januar zurückgekommen. Bicky war aus dem Häuschen vor Glück, als sie ihre geliebte „Tante Xenia" wiedersah, und Frau von Waldenburg war freudig überrascht über die saubergemachte Küche.

Wir hatten zusammen Abendbrot gegessen, und dann war der Augenblick gekommen. Xenia guckte mich an, ich guckte sie an, ich räusperte mich und fing an. Dies mußte sofort erledigt werden, bevor Denise zurückkam. Dann beichtete ich, von Xenia unterstützt. Frau von Waldenburgs Antwort war der Ausbruch: „Ich Schaf!"

„Warum fühlen Sie sich wie ein Schaf?“ fragte ich.

„Und das fragen Sie? Weil ich mich überhaupt nicht erkundigt habe, ob ihr nach Hause fahren würdet! Weil ich es als selbstverständlich betrachtet habe! Dabei weiß ich doch sehr gut, daß ihr die Groschen zählen müßt ... oh, ich könnte mich selbst ohrfeigen! Ich bin ein Superegoist und habe eine meilenlange Leitung!“

„Frau von Waldenburg“, sagte Xenia. „Wenn Sie uns bloß nicht allzu böse sind, ist alles gut. Heidi und ich haben so unvergeßlich schöne Tage zusammen verbracht, ich habe überhaupt nie in meinem Leben die Weihnachtsferien so genossen!“

„Wenn es Sie interessieren kann“, ergänzte ich, „sind Xenia und ich die allerbesten Freundinnen geworden ... und darüber sind wir beide sehr glücklich!“

Ein großes Lächeln kam auf Frau von Waldenburgs Gesicht zum Vorschein.

„Darüber bin ich auch glücklich, Kinder“, versicherte sie. „Aber daß ihr mir die Küche saubergemacht habt ... sagt mal, habt ihr nun was Anständiges zu essen gefunden? Hoffentlich habt ihr ein paar Dosen aus dem Keller geholt ... und Kaffee und Milchdosen waren auch da ...“

Wir erklärten, daß wir selbst genug gehabt hätten, und ich gab ihr den Zettel, wo ich unseren Stromverbrauch notiert hatte.

Sie sandte mir einen unbeschreiblichen Blick zu, riß den Zettel durch und versetzte mir einen Klaps auf den Hintern.

„Schämen sollen Sie sich! Hier lasse ich euch schändlich im Stich und Sie reden von Stromverbrauch! Kinder, ich weiß gar nicht, wie ich dies wiedergutmachen soll! Jedenfalls wollen wir künftig klipp und klar die Dinge besprechen. Solche Mißverständnisse wollen wir vermeiden! Erzählt mir nun, wie es mit euch in den Semesterferien wird, ob ihr nach Hause fahren oder Ferienjobs annehmen werdet. Ach, ich freue mich schon darauf, daß ihr zum nächsten Semester wiederkommt! Ich werde ...“

„Frau von Waldenburg", unterbrach Xenia. „Wollen Sie damit sagen, daß Sie uns auch nächstes Semester hierhaben wollen?"

„Und ob ich das will! Sich denken, ich sollte hier allein in dem großen Haus sitzen, ohne euch drei gesegnete Pflegekinder, ach, wißt ihr was? Dieses olle Siezen habe ich jetzt satt, es hängt mir schon zum Hals raus! Was sagst du dazu, Xenia, und du, Heidi? Bin ich ab sofort eure Tante Christiane?"

Da passierte etwas Sonderbares.

Zwei Tränen kullerten aus Xenias Augen, und sie schlug ihre Arme um Frau ... ich meine, um Tante Christianes Hals!

Es war der vierte Januar. Ich wachte von allein auf, lange bevor der Wecker klingelte.

Heute war der Tag! Heute würde ich Bernhard wiedertreffen! In zwei und einer halben Stunde!

„Na, schon wieder so früh?" sagte Tante Christiane. Sie war noch im Morgenrock und pusselte rum in der Küche. „Du siehst so strahlend aus, Heidi, ich wette, daß du ein Stelldichein hast!"

„Genau das habe ich. Ich wollte es ja eigentlich nicht erzählen. Aber andererseits habe ich mir vorgenommen, dich nicht mehr zu belügen."

„Nein, das hast du vor Weihnachten ausreichend gemacht, du schreckliche Flunkerliese! Das genügt vorerst! Hier, Kind, das Kaffeewasser kocht schon, ach, hol bitte selbst das Brot aus der Dose, und sieh zu, ob du diesen verflixten Schraubdeckel vom Marmeladeglas bewältigen kannst. Weißt du, Heidi, ich bin so unsagbar froh, daß du und Xenia euch so befreundet habt! Ich habe mir so große Sorgen um das Mädchen gemacht ... und gestern war sie ein neuer Mensch! Dann hast du also doch die Gelegenheit gefunden, lieb zu ihr zu sein!"

„Ja, Gott sei Dank, aber was das betrifft, glaube ich, bin ich diejenige, die dankbar sein soll. Xenia hat mir so unsagbar viel geschenkt. Ich kann es eigentlich in einem einzigen Wort ausdrücken: Vertrauen!"

„Ist das nicht das Schönste, was man einem anderen Menschen schenken kann? Nanu, bist du schon fertig? Na, dann lauf, und viel Vergnügen, und vergiß deine Vorlesung nicht!"

Schon auf der Brücke sah ich Bernhard kommen, ohne Hasso!

„Heidilein, da bist du ja ... mein Mädelchen ..." Genau auf der Brückenmitte blieben wir stehen, und ich bekam meinen Willkommenskuß.

„Bernhard, tausend Dank für das wahnsinnig feine Geschenk, du bist ja verrückt ..."

„Natürlich bin ich verrückt. Nach dir! Aber weißt du, ich habe jetzt nur zwei Sekunden Zeit. Wir müssen uns heute nachmittag treffen, bin nur schnell hierhergerannt, um dich zu sehen. Ich muß nämlich Hasso holen, wir bekamen einen Panikanruf um sechs heute früh. Die Hündin von Hassos Ferieneltern ist läufig geworden, und da ist vielleicht ein Theater! Wenn ich nicht schleunigst meinen liebeskranken Köter hole, werde ich im Frühling vielleicht sechs Schäfer-Mops-Mischlinge hier spazierenführen!"

„Die würden aber bestimmt reizend sein! Na, dann lauf, ich laufe mit ..." Schon waren wir unterwegs in Richtung Auto, das Bernhard an der Ecke des Wanderweges geparkt hatte.

„Na, war es schön in Norwegen? Und konntest du auf der Autofahrt das Radio benutzen?" fragte er, während wir liefen.

Jetzt konnte ich ja unmöglich meine Beichte anfangen. Also sagte ich nur: „Ja, prima!" und betete, daß er nicht weiterfragen wollte. Ich würde Zeit und Ruhe brauchen, um all meine Lügen zurückzunehmen.

„Heidilein, können wir uns dann heute nachmittag treffen? Ich hole dich ab, und wir fahren irgendwohin."

Ich überlegte schnell. Heute war Freitag, mein letzter Tag als Praxisputzfrau.

„Fein, aber ich kann erst gegen achtzehn Uhr. Ich muß unbedingt in die Stadt . . . o ja, das erzähle ich alles später. Kannst du mich da an der Bushaltestelle abholen, wo du mich damals aufgelesen hast, an dem denkwürdigen Tag, weißt du . . ."

„Ach da! Jawohl, das heißt direkt gegenüber, da ist eine Tankstelle. Ich kann mich ja nicht da hinstellen, wo Halteverbot ist!"

„Fein, Bernhard! Ich freue mich schrecklich! Grüß Hasso!"

Noch einen schnellen Kuß, und weg war Bernhard. Ich setzte meinen Weg fort und lächelte glücklich vor mich hin.

Ich kam Punkt achtzehn Uhr zur Tankstelle, und da war Bernhard schon. Aber was war mit ihm geschehen? Kein Lächeln, keine lieben Worte, kein Scherz, kein schnelles Küßchen!

„Was hast du?" fragte ich. „Du siehst ja direkt gefährlich aus! Wo fährst du hin?"

„Irgendwo, wo ich mit dir sprechen kann. Das geht nicht hier im Stadtverkehr."

Er fuhr wortlos weiter. Als wir aus dem Stadtverkehr raus waren, fuhr er zur Seite, hielt und stellte den Motor ab.

„Heidi, als ich gerade losfuhr, stand Frau Koss da und wollte mit dem Bus weiter, da habe ich sie mitgenommen."

„Frau Koss? Keine Ahnung. Wer ist das?"

„Das weißt du sehr gut. Wir treffen sie ja immer morgens . . ."

„Ach die! Die mit dem Terrier! Ja, und?"

„Sie erzählte mir, daß sie dich neulich getroffen hatte, zwischen Weihnachten und Neujahr."

Das stimmte. Ich hatte die Terrierdame getroffen, als ich nachmittags zum Bus lief, und wir hatten ein paar Worte gewechselt.

Dann fiel bei mir der Groschen.

„Ach, du heiliger Strohsack! Dann ist sie mir also zuvorgekommen! Gerade wo ich alles beichten wollte!"

„Was wolltest du beichten?"

„Daß ich gar nicht in Norwegen war! Daß ich die ganze Zeit hiergewesen bin!"

„Und daß du mich nach Strich und Faden belogen hast."

„Ja, das habe ich, und nicht nur dich. Auch Frau von Waldenburg und meine Eltern! Denen habe ich geschrieben und alles gebeichtet, Frau von Waldenburg hat mir auch verziehen, und jetzt hatte ich ja die Hoffnung, daß du es auch tun würdest!"

„Warum in aller Welt bist du nicht gefahren? Warum hast du so haushoch gelogen?"

„Sag mal, Bernhard", sagte ich und sah ihm ins Gesicht. „Ist es dir nicht eingefallen, daß ich einen zwingenden Grund haben mußte, wenn ich gelogen habe? Du siehst aus wie eine Gewitterwolke. Würdest du nicht zuerst den ganzen Zusammenhang hören, bevor du böse wirst?"

„Hoffentlich sagst du diesmal die Wahrheit!"

„Und ob ich das tu! Also, um es kurz zu machen: Meine Eltern hatten gar nicht damit gerechnet, daß ich Weihnachten nach Hause kommen sollte, und Frau von Waldenburg ging davon aus, daß wir alle drei nach Hause führen. Ja, was sollte ich dann tun?"

„Nach Hause fahren, natürlich!"

„Wenn ich kein Geld hatte? Sollte ich nach Norwegen schwimmen?"

Bernhard sah mich entsetzt an: „Kein Geld? Willst du behaupten, daß du die paar hundert Mark nicht aufbringen konntest? Oder daß deine Eltern es abgelehnt haben . . ."

„Meine Eltern haben gar nichts abgelehnt, weil sie nichts davon wußten! Aber ich wollte nicht um das Geld bitten! Du ahnst wohl nicht, was es bedeutet, jeden Groschen umdrehen zu müssen! Das Wort Geldknappheit ist wohl für dich ein Fremdwort? Für mich nicht, das kann ich dir sagen! Deswegen log ich, und ich war glücklich, weil ich den Schlüssel zu Frau von Waldenburgs Hintertür besaß. So hatte ich ja eine Bleibe für Weihnachten. Und wenn du alles wissen willst, kann ich dir sagen, daß ich seit einiger Zeit dreimal in der Woche als Putzfrau gearbeitet habe – ich komme jetzt gerade von der Arbeit –, damit ich Geld fürs Essen über Weihnachten hatte. So, wolltest du mehr wissen?"

„Ja", sagte Bernhard. „Das möchte ich allerdings. Warum in aller Welt hast du mir das Ganze verschwiegen? *Mich* brauchtest du doch nicht zu belügen!"

„Doch! Gerade dich! Ich wollte doch kein Mitleid haben! Und ich wollte dir deine Weihnachtsfreude nicht zerstören! Es wäre nicht schön für dich gewesen, wenn du wüßtest, daß ich den Heiligen Abend mutterseelenallein in meiner Bude verbrachte."

„Das klingt aber verdammt edel. Es wäre ganz einfach gewesen, wenn du so viel Vertrauen zu mir gehabt hättest, daß du mir die Wahrheit gesagt hättest. Dann hätte ich dir selbstverständlich die Reise zu Weihnachten geschenkt . . ."

„Das war es ja gerade, was ich fürchtete. Das wollte ich doch nicht, Bernhard! Ich wollte doch kein Geld von dir haben! Begreifst du das denn nicht?"

Er schüttelte den Kopf.

„Nein. Das begreife ich nicht. Ich dachte, du hättest Vertrauen zu mir . . ."

„Habe ich doch! Aber ich habe auch ein bißchen Stolz!"

Bernhard schwieg ein Weilchen. Dann sagte er langsam: „Und wenn ich daran denke, wie glatt dir alle Lügen rausrutschten, keine Sekunde hatte ich einen Verdacht! Das mit dem Onkel, der nach Deutschland per Auto fahren würde, das war natürlich auch eine Lüge?"

„Ja. Ich wollte doch nicht riskieren, daß du mich auf dem Kai abholen wolltest."

Bernhard ließ den Motor an.

„Es ist wohl besser, wenn wir zurückfahren."

„Ja. Das ist bestimmt besser."

Ich saß schweigend neben ihm. Schweigend und bitter. Kein Wort des Verständnisses, kein Versuch, sich in meine Lage zu versetzen.

Am Seitenweg, der zu unserem „Würfelhaus" führte, hielt er.

„Wie war es dann am Weihnachtsabend? Hast du denn als Märtyrer ganz allein gesessen?"

„Nein. Es zeigte sich, daß Xenia genau dasselbe getan hatte wie ich. Wir beide haben es zusammen urgemütlich gehabt."

„Xenia ... ach so, die! Ach, die war also die zweite! Ich dachte ..."

„Was meinst du damit? *Die* war die zweite?"

„Ja, du hattest doch Frau Koss erzählt, daß du Weihnachten zu zweit gefeiert hattest."

Da stieg eine handfeste Wut in mir hoch. Er wollte mich also auf die Probe stellen, mich kontrollieren! Ich glaube, ich habe Bernhard wie eine rasende Katze angefaucht: „So, das wußtest du also! Warum fragst du dann, ob ich allein war? Nebenbei gesagt, wenn es so gewesen wäre, hätte ich jedenfalls kein Märtyrer zu sein brauchen, nur ein Mädchen, das soviel Anständigkeit hat, da es nicht um Geld bittet! Meine sechzigjährige Mutter hat sich einen Job suchen müssen, und dann sollte ich um Geld bitten! Das aber nebenbei. Aber daß du mich fragst, um zu kontrollieren, das ist gemein von dir! Du wolltest feststellen, ob ich wieder lügen würde. Du hast wahrscheinlich gedacht, daß ich mit irgendeinem Mann Weihnachten verbracht habe. Es ist möglich, daß ich dich enttäuscht habe, und du in deiner wohlhabenden und sorglosen Engstirnigkeit kannst natürlich nicht begreifen, daß man ab und zu zum Lügen gezwungen wird! Aber eins kann ich dir sagen: Die Enttäuschung, die ich dir bereitet habe, ist nichts im Vergleich mit meiner Enttäuschung über dich! Mehr habe ich nicht zu sagen. Aber es ist vielleicht gut, daß es so gekommen ist. Daß wir rechtzeitig entdeckt haben, daß wir nicht zusammenpassen!"

Ich stieg aus, knallte die Autotür hinter mir zu und lief das kleine

Stück zum Haus, ohne mich umzudrehen. Ich hörte nur, daß der Motor gestartet wurde und daß der Wagen wegfuhr.

Daß ich an dem Abend zwei Taschentücher und ein Kopfkissen naß heulte, sei mir verziehen!

Die tapfere Xenia und die gute Sonja

Es war eine schwere Zeit, die jetzt folgte. Ich fühlte mich so schrecklich allein.

Bernhard hatte mir mehr bedeutet, als ich selbst wußte. Ich vermißte ihn bitterlich. Und ich war verletzt und gekränkt! Daß es ihm weh tat, daß ich gelogen hatte, das konnte ich verstehen. Aber daß er gar keine Einfühlungsgabe hatte, daß er keinen Versuch gemacht hatte, meine Lage zu begreifen, das tat mir weh. Und vor allem: Seine Andeutung, daß ich mich als „Märtyrer" fühlen sollte . . . und dann das letzte: daß er versuchte, noch eine Lüge aus mir rauszulocken, daß er dachte, ich würde sagen, ich sei allein gewesen, nachdem er wußte, daß wir zu zweit Weihnachten gefeiert hatten. Daß er mich kontrollieren wollte!

Das hat mich maßlos gekränkt. Und wenn ich *daran* dachte, konnte ich glatt der Versuchung widerstehen, morgens den Weg über die Weiße Brücke zu wählen.

So versuchte ich, mit Hilfe der Arbeit, Bernhard zu vergessen. Ich war fleißiger denn je, und jetzt hatte ich nichts, was mich von der Arbeit abhielt. Keinen Putzfraujob und keinen Freund.

Dafür hatte ich eine Freundin, und was für eine! Xenia war mir in dieser Zeit eine wunderbare Hilfe. Sie kam eines Abends rein zu mir und setzte sich auf die Bettkante.

„Heidi, ich weiß, daß ich dich störe, aber du mußt es über dich ergehen lassen."

„Ja, meine Liebe, das macht doch nichts. Hast du etwas auf dem Herzen?"

„Ja, eine Frage. Kann ich etwas für dich tun?"

„Für mich tun ... nein, wieso?"

„Heidilein, ich bin nicht blind. Du hast so große, unglückliche Augen, und du bist schmal im Gesicht. Du hast Kummer, und ich habe so das Gefühl, daß es etwas mit deinem reichen Bernhard ist. Ich wollte dir nur sagen, falls du eine Schulter zum Heulen brauchst oder zwei Ohren zum Hinhören, dann bin ich also immer für dich da."

Ich drückte Xenias Hand.

„Du bist lieb, Xenia. Natürlich hast du recht. Es ist geplatzt, alles mit Bernhard und mir. Ich bin um eine bittere Erfahrung und um einen Radioapparat reicher geworden, ja, und um ein paar nette Erinnerungen. Nun versuche ich die letzte, sehr wenig nette, von mir zu schieben."

„Was dir noch nicht gelungen ist", meinte Xenia.

„Stimmt. Ach, Xenia, du hast mir soviel Vertrauen geschenkt, ich wüßte außer dir niemanden, dem ich diese dumme Geschichte erzählen könnte ... ich verlasse mich auf deine Schweigsamkeit. Wenn du es also hören willst?"

„Klar, Heidi!"

Dann erzählte ich alles, und beim Erzählen stieg wieder die Bitterkeit an die Oberfläche.

Xenia nickte ein paarmal. Sie horchte, und sie verstand.

„Ich fürchte, daß ich dir nicht helfen kann, Heidi. Beinahe glaube ich, daß es gut ist, daß es so kam. Ich überlege, ob es an euren so ganz unterschiedlichen Verhältnissen liegt. Du hast früh gelernt, was Geldschwierigkeiten bedeuten, du bist, wenn ich dich richtig verstanden habe, in einem bescheidenen, gutbürgerlichen Milieu groß geworden. Dein Bernhard hat es sorglos gehabt ... mit seinen Reisen und Autos und seinem Einfamilienhaus und was noch alles. Ich glaube, die, die so sorglos leben, lernen nicht, ihre Mitmenschen so zu verstehen wie wir, die wir Schwierigkeiten und Kummer kennen. Vielleicht irre ich mich, ich weiß nicht ..."

„Ich bin nicht sicher", sagte ich langsam. „Du darfst jedenfalls nicht alle reichen Leute über einen Kamm scheren. Denk an Tante Christiane, was sie alles an Verständnis und Einfühlungsgabe hat!"

„Ja", nickte Xenia. „Und trotzdem, sogar sie kam nicht auf den Gedanken, daß wir kein Geld für eine Weihnachtsreise hatten!"

„Das ist auch das einzige!" rief ich eifrig. „Sie war keine Spur böse, daß wir sie belogen hatten! Sie hatte keine Vorwürfe, nur Selbstvorwürfe! Weißt du, manchmal finde ich, sie ist zu gut für diese Welt!"

In dem Augenblick klang eine helle Stimme von unten: „Kinder! Kommt mal runter! Macht schnell!"

Denise kam aus ihrem Zimmer gerast, und wir rannten die Treppe runter.

„Schnell, setzt euch, es kommt ein wunderbares Fernsehprogramm, es ist eine Wiederholung, ich habe es schon gesehen, es ist ein Natur- und Tierfilm aus Ostafrika!"

Sie hatte recht. Es war ein herrliches Programm. Nur, daß ich schon wieder an Bernhard denken mußte. Dies alles hatte er gesehen, den Leoparden im Baum, die spielenden Löwenkinder, die mächtigen Krokodile, die Elefanten, die langsam und majestätisch über die Steppe wanderten ..."

Der Film ging viel zu schnell zu Ende. Ich hätte stundenlang weitersehen können. Wir blieben etwas länger sitzen. Es war immer urgemütlich in Tante Christianes Wohnzimmer, und wir konnten so nett zusammen plaudern. Jetzt, wo Xenia auch lebhafter geworden war und so oft ihr hübsches Lächeln zeigte, war alles noch mal so gemütlich!

Tante Christiane ging in die Küche, Löffel und Glasteller klirrten verheißungsvoll, und ganz richtig, da brachte sie eine große Schale Dosenpfirsiche.

„Ach, Tante Christiane, du verwöhnst uns so furchtbar!“ sagte Xenia. „Wir werden ganz unfähig, uns selbst durchzuschlagen!“

„Vorläufig sollt ihr es ja auch nicht“, lächelte Tante Christiane. „Nein Bicky, du magst keine Pfirsiche, warte mal, ich habe was anderes für dich!“

„Wie sollen wir jemals alles wiedergutmachen, was du für uns tust?“ sagte Xenia. „Ich möchte so gern etwas für dich tun . . . etwas Richtiges, ein Opfer bringen, eine gute Tat . . .“

„Kind, hör auf! Es ist doch so schön, euch hierzuhaben! Ach ja, was ich euch noch sagen wollte. Ist euch klar, daß in einer Woche der Winterschlußverkauf anfängt? Falls ihr Kleidung braucht, solltet ihr euch die Schaufenster in den großen Kaufhäusern am Tag vor dem Ausverkauf ansehen, euch die ganz billigen Blickfänger merken, die Nummern aufschreiben . . . ja, sie sind alle numeriert . . .“

„O ja!“ rief Denise. „Und dann am folgenden Morgen uns um sechs Uhr anstellen und die ersten in der Schlange sein. Das habe ich voriges Jahr gemacht, und ich habe für zehn Mark ein schickes Kleid gekriegt!“

„Wißt ihr was? Ich stopfe euch an dem Sonnabendnachmittag in den Wagen, dann fahren wir alle vier in die Stadt und schreiben lauter Nummern auf . . .“ Es war natürlich Tante Christiane, die diese Idee hatte.

Als wir nach oben gegangen waren, fragte Xenia: „Sag mal, Heidi, was machst du in den Semesterferien? Fährst du nach Hause oder versuchst du, einen Job zu kriegen?“

„Job, unbedingt!“ sagte ich. „Du, es wäre riesig nett, wenn wir irgendwo zusammen arbeiten könnten!“

„Ich dachte gerade dasselbe. Wollen wir uns umgucken, ob etwas . . .“

In dem Augenblick fiel mir Sonjas Brief ein. Jetzt konnte ich ihn beantworten – jetzt bestand keine Möglichkeit für einen Urlaub mit Bernhard!

„Warte ein paar Tage mit dem Umgucken, Xenia", sagte ich. „Vielleicht kann ich etwas organisieren! Nein, ich sage dir noch nicht, was es ist. Übrigens weiß ich es selbst auch nicht, aber in etwa vier Tagen werde ich es wissen!"

Es war sehr spät geworden, aber trotzdem setzte ich mich an den Schreibtisch und schrieb Sonja. Ich erzählte von Xenia, daß sie ein prima Mädchen sei, Geld brauchte und furchtbar gern einen Job zusammen mit mir haben möchte. Als ich feierlich unterschrieben hatte: „Deine würdige alte Tante Heidi", fiel mir etwas ein, und ich fügte ein P.S. dazu: „Schreib bitte Deine Antwort auf deutsch, damit ich sie – falls sie positiv ausfällt – Xenia zeigen kann!"

Am folgenden Morgen stieg ich am Hauptpostamt aus dem Bus und schickte den Brief als Luftpost!

Als wir zum Mittag nach Hause kamen, fanden wir eine vollkommen verstörte Tante Christiane vor.

„O Kinder, was sollen wir bloß machen . . . heute vormittag ist ein Jäger hier in der Nähe gewesen, er hat Wildenten gejagt, und jetzt liegt eine angeschossene Ente hier unten, dicht am Ufer. Man müßte sie töten. Aber ich bin feige, ich bringe es nicht fertig. Ich wollte den Briefträger fragen, und ausgerechnet heute ist er nicht hiergewesen. Das Tier tut mir so leid . . ."

Xenia legte ihre Tasche auf den Tisch und ging raus, ohne ein Wort zu sagen. Sie ging durch den Garten und verschwand hinter dem Schuppen. Was hatte sie wohl vor? Sie konnte doch nicht . . . sie würde es doch nicht fertigbringen . . .

Doch. Sie brachte es fertig.

Gerade als der Mittagsgong durchs Haus klang und Denise und ich uns die Hände gewaschen und die Haare gekämmt hatten, kam Xenia zurück. In der Hand hielt sie eine geschlachtete, gerupfte und ausgenommene Ente.

„Bitte, Tante Christiane. Hier hast du das Sonntagsessen."

„Xenia! Hast du es geschafft, die Ente zu töten?"

Xenia war kreideblaß.

„Ich habe doch gesagt, daß ich gern etwas für dich tun wollte, Tante Christiane. Ich habe oft genug gesehen, wie Enten geschlachtet werden, mein Onkel züchtete ja Enten."

„Xenia, wie soll ich dir dafür danken? Es muß scheußlich gewesen sein – bei deiner Tierliebe!"

„Gerade wegen der Tierliebe habe ich es ja getan. Ich wollte doch nicht, daß das arme Tier leiden sollte. Ich habe es sehr schnell getan. Es war sofort tot. Entschuldige, ich komme gleich, ich muß mir nur die Hände waschen!"

Sie war ruhig, sprach leise. Aber ich kannte jetzt Xenia so gut, daß ich wußte, was es sie gekostet hatte. Es war eine Leistung, die ich nie im Leben geschafft hätte!

Als sie runterkam, strich Tante Christiane ihr über die Wange.

„Das werde ich dir nie vergessen, Xenia. Und die Ente verschenken wir. Wir würden doch keinen Bissen runterkriegen."

„Ich jedenfalls nicht", sagte Xenia mit einem kleinen Lächeln.

„Dann kommt zu Tisch, Kinder. Es gibt heute Milchreis und überhaupt nichts, was geschlachtet worden ist!"

„Brief für dich, Heidi! Luftpost aus England!"

Ich riß das Kuvert auf.

Mein liebes Täntchen, gesegnet seist Du, und gesegnet sei Deine Freundin Xenia. Wollt Ihr beide herkommen, gleich, in dem Augenblick, wo Euer Semester zu Ende ist? Hier geht alles drunter und drüber, wir stecken bis über die Ohren in Arbeit, und wir brauchen dringend Hilfe für kürzere oder längere Zeit. Heiko ist dabei, eine neue Expedition zu planen.

Er müßte dringend nach Alaska fliegen, aber er kann vorläufig nicht loskommen. Ich möchte ihm so wahnsinnig gern helfen, aber da ist eben unsere

Nachkommenschaft! Die kleinen Biester sind dabei, Zähne zu kriegen und brüllen um die Wette. Kaum habe ich die eine trockengelegt, dann hat die andere schon die Windeln voll. Bis jetzt habe ich es so gemacht, daß ich die beiden morgens ins Institut mitgebracht habe, und dann hat Lady Robinsons guter Engel, ihre rechte Hand, namens Betty, sich um die Kinder gekümmert, so daß ich mit Heiko zusammen arbeiten konnte. Wie mein eigenes trautes Heim dabei aussieht, kannst Du Dir nicht vorstellen. Der Staub liegt zentimeterdick und mein Plättwäschestoß ist so hoch wie der Mount Everest. Und nun ist was Furchtbares dazugekommen, daß besagte Betty, die immer unser Retter in der Not war, eine Nervenentzündung in dem rechten Arm bekommen hat. Versucht Ihr mal, halbjährige Zwillinge mit einem Arm zu pflegen! Außerdem will der Arzt sie unbedingt wegschicken. "Wenn Sie hierbleiben, schonen Sie sich doch nicht", sagt er, und er hat recht.

Also, Kinder: Eine von Euch kann zu mir kommen, meinen Staub wischen, meine Wäsche plätten und unser Essen kochen. Die zweite kommt zu Lady Robinson, als ein Zwischending zwischen Stubenmädchen, Kammerkätzchen und Tierpfleger - einen Neufundländer und zwei Katzen - und dann als süße Abwechslung Windelwechseln und Babyfüttern. Du sagst, daß Xenia sehr schnell arbeiten kann, das wird sie auch tun müssen. Und Du mußt beweisen, was die liebe Omi Hettring Dir an Hausarbeit beigebracht hat.

Ihr kriegt ein anständiges Gehalt, Flugreise hin und zurück, liebevolle Behandlung und gutes Essen, jedenfalls Xenia. Was Du kriegst, hängt von Deinen eigenen Kochkünsten ab. Habt Ihr den Mut, in dieses Durcheinander zu kommen? In dem Falle, bitte, bitte, telegrafieren, ich zahle das Telegramm, sagt wann Ihr kommen könnt, damit wir die Flugkarten bestellen können, und gleich anfangen, sehnsuchtsvolle Striche in den Kalender zu machen!

Bitte, bitte, eile zum Telefon, wähle die Telegrammaufnahme!

Tausend liebe Grüße, mein liebes Täntchen, natürlich auch an Xenia, Frau von W. und Bicky, von Deiner hilflosen Nichte

Sonja

Xenias Augen wurden kugelrund.

„Heidi, das ist doch zu schön, um wahr zu sein!"

„Wollen wir ja sagen?"

„Und ob wir das wollen! Menschenskind, es ist ja wie ein Märchen!"

„Ruf du die Telegrammaufnahme an. Du kannst schließlich besser Deutsch als ich."

Gleich darauf diktierte Xenia klar und deutlich ins Telefon: „Kommen sechzehnten Februar. Heidi und Xenia."

Mit Xenia ins Ausland

Oh, was hatten wir alles zu tun!

Wir mußten uns wohl oder übel um unsere Garderobe kümmern. In unseren alten, abgetragenen Klamotten konnten wir uns nicht bei einer waschechten Lady zeigen! Also standen Xenia und ich an einem kalten, dunklen Montagmorgen als erste in zwei verschiedenen Schlangen, je mit einer Nummernliste in der Hand. Die Wartezeit war nicht gerade sehr unterhaltsam, kalt war es auch, aber es hat sich gelohnt. Als wir uns gegen neun Uhr an der Bushaltestelle trafen, hatten wir beide ein paar superbillige Blickfänger erwischt. Sachen, die als Köder ausgestellt und weit unter dem eigentlichen Wert verkauft wurden.

Dann ergriff Denise die Initiative.

„Xenia", sagte sie. „Du kannst mit der Perücke nicht nach England fahren! Seit Wochen jucken mir die Finger danach, dich zu frisieren. Nun kommst du mit in den Waschraum, und du wirst ein blaues Wunder erleben!"

Sie verschwanden mit Kamm, Bürste, Handtüchern und etlichen von Denises Cremetuben und Sprayflaschen. („Ich habe eine Großtante, die eine Parfümerie leitet", hatte Denise erklärt, als wir über ihr Schönheitsarsenal staunten.) Anderthalb Stunden später kam eine ganz neue Xenia zum Vorschein. Die Hälfte ihrer Haare waren der Schere zum Opfer gefallen, die restliche Hälfte war gewaschen, mit irgendeiner Wundercreme massiert, dann mit Denises geschickten Fingern schön eingelegt. Xenia sah einfach bezaubernd aus.

„Wenn es bloß halten würde!" seufzte Xenia. „In einer Stunde sehe ich bestimmt wieder wie ein roter Heuhaufen aus. Meine Haare sind ja so schrecklich trocken!"

„Vitamin B!" rief Tante Christiane. „Das gebe ich immer Bicky, wenn ihr Fell zu trocken und strähnig wird! Nicht wahr, Bicky, wir schenken der lieben Tante Xenia ein Glas von deinen Tabletten?"

Ob es Bickys Tabletten oder Denises Wundercreme war, weiß ich nicht. Aber Xenias Haare standen nicht mehr zu Berge. Sie bildeten jetzt einen hübschen Rahmen um ein feines, schmales Gesicht.

Unsere Pässe waren in Ordnung, die Flugkarten waren gekommen. Am Ende des Semesters konnten wir beide mit dem Resultat zufrieden sein. Wir konnten mit gutem Gewissen zu unseren neuen Aufgaben fahren!

Es war ganz feierlich, in der großen Düsenmaschine Platz zu nehmen, sich anzuschnallen, von netten Stewardessen betreut zu werden. Ich glaube, wir hatten beide Herzklopfen. Bis jetzt kannten wir ja Flugzeuge nur von der Außenseite!

Der Flug war viel zu kurz! Eine knappe Stunde, dann mußten wir uns wieder für die Landung anschnallen!

Ich fühlte mich furchtbar ungeschickt, als ich bei der Kontrolle englisch sprechen mußte. Aber Xenia drückte sich klar und korrekt aus.

„Wo in aller Welt hast du so gut englisch gelernt?" fragte ich neidisch.

„Ich habe doch schließlich eine Eins zum Abitur", schmunzelte Xenia. „Außerdem dürfte es dir bekannt sein, daß ich jetzt Englisch als Hauptfach habe!"

Was war es für ein Gefühl, in dem großen Flughafen zu stehen! Wer würde uns wohl abholen? Heiko wahrscheinlich. Aber wie sollte er uns finden und wir ihn?

Aber da war gar kein Heiko. Wir ließen uns mit den anderen Fluggästen sozusagen treiben, kamen zu einer Sperre, und da sah ich ein liebes und bekanntes Gesicht!

„Nein, Sonja! Bist du selbst hier!"

„Ja, da kannst du staunen! Lady Robinson hütet meine Kinderschar. Als ich wegging, stand sie mit einer Windel in der einen Hand und einem Schnuller in der anderen. Laß dich nun umarmen, Mädchen, du siehst strahlend aus – kannst du schon Zähne plombieren? Hallo, Xenia, herzlich willkommen, ich bin selig, daß du kommen konntest. Aua, nun habe ich schon wieder ‚du' gesagt, ich vergesse es immer, weil ich ja gewöhnlich englisch spreche, aber das macht doch nichts? Ich heiße Sonja, nun kommt, wenn wir Glück haben, finden wir meine Karre auf dem Parkplatz, ich habe vergessen, wo ich sie hinstellte, es war irgendwo hinter einem Riesen-Lastwagen. Habt ihr einen schönen Flug gehabt? Schafft ihr das Gepäck selbst, oder wollen wir optimistischerweise einen nicht vorhandenen Träger suchen? Gib mir jedenfalls die Tasche, Xenia . . . nein, tatsächlich, da steht ja unser Gefährt, nicht zu glauben, husch, husch, rein mit euch, ich muß zusehen, daß wir nach Hause kommen, bevor Tante Helene einen Nervenschock erleidet . . . Tante Helene ist also Lady Robinson."

Es war ulkig, sich auf deutsch mit Sonja zu unterhalten und das sagte ich ihr auch.

„Ach, darüber denke ich gar nicht nach, ich bin es gewohnt, von der einen Sprache in die andere zu hopsen, und ich bin ja auf deutsch verheiratet. Wenn wir allein sind, Heidi, werden wir schon in unserer Muttersprache quasseln. Aber jetzt muß ich mich aufs Fahren konzentrieren, ich möchte euch nicht zu Mus fahren und Heiko nicht zum Witwer machen!"

Dann saßen wir da und guckten rechts und links, und Xenia sagte leise: „Ist es nicht unglaublich, Heidi? Wenn jemand mir vor drei Monaten gesagt hätte, ich sollte eines Tages in England sein, und bei Sonja, von der Jessica doch erzählt hat . . . ich glaube, du mußt mir die Arme kneifen, ich kann nicht fassen, daß es wahr ist . . ."

„Daß du wirklich bei Linksverkehr fahren kannst, Sonja", sagte ich, als wir die Stadt hinter uns hatten und auf der Landstraße waren. „Ich würde wahnsinnig werden!"

„Und ich würde bei Rechtsverkehr wahnsinnig werden, ich bin ja nur in Kenia und England gefahren. Mein Göttergatte stellt sich mühelos um von rechts auf links und umgekehrt, aber er ist ja auch ein Genie. Jetzt aber aufpassen! Da, links, ist ein Bahnhof, da steigt ihr ein, wenn ihr mal mit dem Zug nach London fahrt . . . ja, ihr müßt ja anstandshalber ab und zu Ausgang haben . . . dann sind wir gleich da . . . ach wie herrlich, das Tor ist offen . . . so, da wären wir!"

Sonjas und Heikos Haus lag dicht neben dem Tor. Dahinter streckte sich ein großer Park, hinter dessen Bäumen man eben noch einen Flügel von dem großen Haupthaus sehen konnte. „Dort ist das Institut untergebracht und wohnt Lady Robinson."

Ein großer Hund kam uns schwanzwedelnd entgegen, begrüßte Sonja mit Begeisterung, schnüffelte schnell bei mir und ging dann zu Xenia. Da stellte er sich auf die Hinterbeine, legte ihr die Vorderpfoten auf die Schultern und leckte ihr Gesicht.

„Aber Hasso!“ rief Sonja. Xenia wischte sich lächelnd das Gesicht ... und ich die Augen.

„Nanu, Täntchen, weinst du?“

„Nein, wie käme ich dazu, mir ist nur etwas ins Auge geflogen“, stammelte ich und wischte noch eine Träne weg.

Warum mußte das Tier nun ausgerechnet Hasso heißen?

Das Haus war reizend. Ein großes Wohnzimmer, ein kleineres Eßzimmer, dann das Schlafzimmer, und daneben ein schöner Raum für die Zwillinge.

„Als ich diese Großlieferung an Kindern bekam, mußten wir alles ändern“, erklärte Sonja. „Aus dem Eßzimmer wurde Kinderzimmer, aus dem Fremdenzimmer Eßraum. Und wir machten dann einen kleinen Raum auf dem Boden für Gäste zurecht. Da wirst du also schlafen, Heidi. Xenia, du mußt ein bißchen Geduld haben, wir gehen gleich hin zum Institut, das heißt wir fahren, wegen des Gepäcks ... und eins kann ich dir sagen, du kriegst ein viel vornehmeres Zimmer als meine arme Tante! Das ihre ist kaum größer als ein Klo!“

Wir tranken eine Tasse Tee, machten uns frisch nach dem Flug, und dann fuhren wir alle die dreihundert Meter zum Institut.

„Ach, da sind ja unsere beiden Lebensretter!“ ertönte es von der Tür, und ein junger Mann mit fröhlichen Augen hinter Brillengläsern lief die Treppe runter. „Mal sehen“, er musterte uns eingehend, „ja natürlich, dies da ist meine ehrwürdige Tante, komm, Täntchen, laß dich umarmen, sei innigst willkommen in unserem Tohuwabohu, und die mit den schönen Haaren ist Xenia, Sie Ärmste, Sie ahnen ja nicht, was alles auf Sie zukommt, na, da haben wir den Salat!“

Wir waren inzwischen in die Halle gekommen, und ein lautstarkes Babygebrüll ertönte hinter einer Tür, die jetzt aufgemacht wurde.

„Ach wie schön, daß du da bist, du Rabenmutter, Beatchen ist furchtbar ungnädig, wirklich nur Beatchen, *meine* Patentochter ist natürlich vorbildlich!"

Es war Lady Robinson, die erschienen war. Eine alte, weißhaarige Dame, mit Falten in einem klugen Gesicht und mit zwei strahlend blauen, jungen Augen.

„Laßt mich mal raten . . .", auch sie musterte uns beide, so wie Heiko es getan hatte. „Ja, das muß Heidi sein, Sie sehen irgendwie so nordisch aus – und da haben wir die arme Xenia, die nicht ahnt, was ihrer harrt. Willkommen, Kind, ich bin also ab heute und für zwei Monate Ihre Brötchengeberin. Hoffentlich werden wir uns gut verstehen!"

Sie reichte Xenia die Hand.

„Das glaube ich ganz bestimmt, Mylady", antwortete Xenia. „Tausend Dank, daß ich kommen durfte . . . heisa!"

Plötzlich saß eine bildhübsche Siamkatze auf Xenias Schulter. Die zweite rieb sich an ihre Beine, und im nächsten Augenblick erschien ein großer Neufundländer und steuerte schwanzwedelnd seinen Kurs direkt auf Xenia zu.

Als Xenia dann nachher eines der Kinder in den Arm nahm – es war die ungnädige Beate – und die Kleine sich beruhigte, stand eines fest: Xenia war genau der Mensch, den man hier brauchte!

Fröhlicher Alltag

Es ergab sich nur eine einzige Schwierigkeit bei der Arbeitsverteilung. Nämlich die, daß wir beide – Xenia und ich – die Zwillinge versorgen wollten. Aber Heiko löste das Problem.

„Keine Kunst!" meinte er. „Unsere Auswahl an Kindern ist groß genug. Beate bleibt bei Heidi, Helenchen nehmen wir morgens mit und überlassen sie Xenia. Dann werden wir sehen, welche von den beiden am besten gedeiht und artiger ist!"

„Schlauberger!" lachte ich. „Aus lauter Ehrgeiz werden wir dann so konkurrieren, daß ihr zu guter Letzt die Kinder als Reklamefiguren für Babypflegemittel vermieten könnt!"

Sonja zeigte mir ihr ganzes Sortiment von Babyöl und Babypuder, Babynahrung und Babyseifen, Windeln und Strampelhöschen. Vor ihren kritischen Mutteraugen versorgte ich Beatchen, badete und wickelte sie und fütterte sie per Flasche und per Löffel.

„Du kannst es ja!" sagte Sonja anerkennend. „Wo hast du das gelernt?"

„Zum Teil von deiner Schwester und zum Teil von meiner", erklärte ich. „Ich habe doch gelegentlich Annettchen versorgt, als sie kleiner war, und Senta hat mir doch ihren Sohn anvertraut, als sie dich besuchte!"

So ging alles recht gut. Ich fand mich bald zurecht mit dem Tagesrhythmus und gab mir sehr viel Mühe, alles richtig zu machen. Und Sonja strahlte.

„Wenn du wüßtest, wie herrlich es ist, in ein aufgeräumtes Haus zu kommen!" seufzte sie eines Abends, müde und glücklich. „Im Institut konzentriert arbeiten zu können, ohne an ungewaschenes Geschirr und ungeplättete Wäsche denken zu müssen! Geschweige denn die Kinder! Zu wissen, daß die beiden vorbildlich versorgt werden, ohne daß ich meine Arbeit unterbrechen muß. Übrigens, die Xenia, du, die ist ja ein Phänomen! Tante Helene sagt es auch, sie hat in ihrem Leben nicht solche Arbeitsfreude und so ein Tempo erlebt! Und Klein Helenchen strahlt, wenn Xenia sie aus dem Wagen holt und wenn sie gebadet und gefüttert wird. Das einzige ist, daß die lieben Viecher Xenia nicht von der Pelle weichen. Wo sie steht und geht, hat sie Hund und Katzen auf den Fersen!"

„Ja, sie hat wohl etwas an sich, das Kinder und Tiere anzieht", meinte ich.

„Ich könnte mir schon denken, daß sie auch auf Männer so wirkt", meinte Heiko.

„Unterstehe dich!" rief Sonja. „Daß du dich bloß nicht in Xenia verliebst, du alter Casanova!"

„Beruhige dich, holdes Weib", lächelte Heiko. „Ich sage nicht, daß ich in Xenia verliebt bin, aber ich kann es verstehen, wenn andere Männer es sind!"

„Xenia überrascht mich eigentlich immer", sagte ich. Dann erzählte ich von ihrer Einstellung zu der Kälberhaltung und die Geschichte von der angeschossenen Ente.

„Siehst du, *das* ist Tierliebe!" rief Sonja. „Es gibt Millionen von Menschen, die sich Tierfreunde nennen, weil sie ihren Pudel auf Seidenkissen betten. Aber wenn sie ein krankes Tier sehen, dann flüchten sie mit der Begründung: ‚Ich kann es nicht sehen!' oder wenn der alte Hund die letzte, barmherzige Spritze kriegen muß, lassen sie irgendeinen Bekannten mit ihm zum Tierarzt gehen, weil sie es ‚nicht sehen' können. Während Xenia so viel Selbstbeherrschung hat und so viel Liebe, daß sie eigenhändig ein Tier getötet hat, um seinen Leiden ein Ende zu machen! Sie ist ein prima Mädchen!"

„Sag mal, Sonja, was wirst *du* machen, wenn es mit Hasso einmal soweit ist?"

Hasso lag vor dem Kamin. Als er seinen Namen hörte, wedelte er begeistert, stand auf, ging zu Heiko und legte seinen Kopf auf Herrchens Knie.

„Dann", sagte Sonja, „dann lasse ich den Tierarzt kommen, und ich bleibe bei meinem Hund und sitze neben ihm und streichle ihn, bis ... bis er das Streicheln nicht mehr wahrnehmen kann. Ich werde alles, was ich an Selbstbeherrschung besitze, mobilisieren, keine Träne vergießen, damit er keine Vorahnung kriegt. Du lieber Himmel, wenn ich vielleicht zwölf bis vierzehn Jahre so ein Tier als Kamerad gehabt habe ... sollte ich es dann im Stich lassen in dem Augenblick, wo es mich am dringendsten braucht?"

Heiko sah seine Frau an, streichelte schnell ihre Wange.

„Aber zurück zu Xenia", nahm er das Thema wieder auf. „Sie gehört wohl zu den Menschen, die gewisse ... ja, wie soll ich sagen ... gewisse Ausstrahlungen haben, die enorm auf andere Personen oder auch auf Tiere wirken. Solche Frauen wurden im Mittelalter für Hexen gehalten, die Ärmsten, und kamen auf dem Scheiterhaufen jämmerlich ums Leben!"

„Heiko", sagte ich leise. „Du sollst mir etwas versprechen."

„Nanu, Täntchen, so feierlich? Was denn?"

„Das, was du eben sagtest, über Ausstrahlungen und Hexen und Mittelalter, das darfst du nie Xenia sagen. Versprichst du mir das?"

„Natürlich, wenn du mich darum bittest, aber warum?"

„Das kann ich dir nicht sagen. Ich bin an ein Ehrenwort gebunden. Es sei denn, Xenia würde mir erlauben, es zu erzählen."

„Gut, also kein Wort von uns über Hexen und Mittelalter! Aber wenn nun meine persönliche Hexe uns eine Tasse unvernünftigen Abendtee vergönnen würde ... und wie ist es, mein Hexchen, hast du noch Schokoladenkekse?"

„Ach du und deine Schokolade", schmunzelte Sonja. „Du bist ein richtiger Schokoladensoldat, wie der gute Bernhard sagt!"

Zu meinem Entsetzen merkte ich, daß mir das Blut in die Wangen schoß.

„Bern ... welcher Bernhard?" fragte ich.

„Bernhard Shaw, natürlich. Kennst du seinen ‚Schokoladensoldaten' nicht?"

„Ach so ... Bernhard Shaw", murmelte ich. Dann stand ich auf. „Bleib nur sitzen, Sonja. Ich mache schon den Tee!"

Xenia und ich trafen uns jeden Tag. Wenn Sonja und Heiko nach dem Lunch zurück zum Institut gingen, kam Xenia oft auf einen Sprung zu mir, mit dem im Kinderwagen sanft schlafenden Helenchen. Oder ich nahm Beate mit und besuchte Xenia.

„Heidi", sagte sie eines Tages. „Ich hätte nie gedacht, daß ein Mensch es so gut haben könnte, wie ich es jetzt habe! Daß es solche Menschen gibt, eine solche Harmonie, Menschen, die immer gut zueinander sind! Und unter solchen Menschen bist du groß geworden! In einem solchen friedlichen Milieu ..."

„Na, friedlich ...", schmunzelte ich. „Wenn du denkst, daß es unter acht Geschwistern immer friedlich zugeht ..."

„Du weißt genau, was ich meine. Nur eins hast du nicht gelernt, Heidi. Du weißt noch nicht, glaube ich, daß man sich nicht auf alle Menschen verlassen kann. Du glaubst, daß alle gut sind, du bist so eingestellt. Aber du mußt lernen, daß es auch Leute gibt, denen man mit Vorsicht und Mißtrauen begegnen muß."

„Und mit dir ist es also umgekehrt", meinte ich. „Du hast das Pech gehabt, ziemlich viele solcher Menschen zu treffen."

Xenia nickte.

„Ja. Ich habe das lernen müssen, was du zur Vollkommenheit kannst: Meinen Mitmenschen mit Vertrauen und Freundlichkeit zu begegnen!"

Xenia und ich bekamen gleichzeitig unseren „Ausgangstag". Jeden Mittwoch blieb Sonja zu Hause, und Lady Robinson ließ sich von ihrer Köchin und ihrem Chauffeur versorgen. Xenia und ich fuhren dann mit dem ersten Morgenzug nach London. Erlebnishungrig und freudig aufgeregt lernten wir Dinge kennen, von denen wir bisher nur gelesen hatten. Tower, Westminsterabtei, St.-Pauls-Kathedrale – wir standen vor dem Haus Downing Street 10, wir gafften nach bester Touristenart vor dem Buckingham-Palast.

Es war sehr schön, diese Dinge mit der klugen, aufgeweckten Xenia zu erleben. Trotzdem ertappte ich mich oft dabei, daß ich dachte: Dies alles wollten ja Bernhard und ich einmal zusammen erleben! Wie wäre das schön gewesen!

Es stimmte nicht, daß die Zeit alle Wunden heilt. In der ersten

Zeit nach der Auseinandersetzung hatte mir die Wut geholfen. Die war aber jetzt verweht, verdampft, verschwunden. Zurück blieben die schönen Erinnerungen, eine furchtbare Sehnsucht . . . und Selbstvorwürfe.

Ich hatte verlangt und erwartet, daß Bernhard mich verstehen sollte. Aber hatte *ich* den geringsten Versuch gemacht, *ihn* zu verstehen?

Warum hatten wir uns nicht wiedergetroffen – warum war ich nicht noch einmal morgens zur Weißen Brücke gegangen, dann hätte ich ihn getroffen, und wir hätten noch einmal in Ruhe alles durchsprechen können.

War unsere Liebe denn wirklich so zerbrechlich, daß sie dieser allerersten Auseinandersetzung nicht standhalten konnte?

Ich versprach mir selbst, daß ich, wenn wir wieder in Kiel waren, ihn treffen wollte und versuchen, mit ihm zu reden. Ich wollte wieder morgens mit ihm spazierengehen, mit ihm und Hasso. Ja, nach Hasso sehnte ich mich auch!

Ich legte meinen Kopf an das weiche Fell des vorhandenen Hasso. Er wedelte freundlich mit dem Schwanz und leckte meine Hand.

Das Wunder meines Lebens

„Täntchen", sagte Sonja. „Kannst du norwegische Super-Butterbrote streichen?"

„Ja, wenn ich eine ganz große Auswahl an Aufschnitt habe!"

„Das kriegst du. Arbeitsruhe sollst du auch haben. Ich bleibe zu Hause, einen ganzen Tag, und kümmere mich um die Nachkommenschaft und bringe alles auf Hochglanz."

„Gehe ich recht in der Annahme, daß du Gäste erwartest?"

„Täntchen, deine Fähigkeit, Schlußfolgerungen zu ziehen, ist enorm. Ja, paß mal auf: Du weißt doch, daß wir vor anderthalb Jahren in Australien waren?"

„Ja, so was schwant mir."

„Da waren wir mit sehr netten Menschen zusammen, und ich versprach ihnen, sie einzuladen, wenn wir nach England kämen und ihnen all unsere Australien-Dias und Heikos Film vorzuführen. Ich rechnete damals nicht damit, daß ich inzwischen Zwillinge und Vollbeschäftigung kriegen sollte! Aber jetzt soll es geschehen! Am Mittwoch fährst du bestimmt mit Xenia nach London. Ich gebe euch einen Haufen Geld mit, und ihr seid so lieb und kauft alles ein für die Butterbrote. Nur keine Gänseleber und keine gekochten Hummern . . ."

„. . . und kein Kalbfleisch", ergänzte ich. „Gut, machen wir."

„Und dann lade ich die Bande für Donnerstag abend ein. Weißt du, die Engländer sind wild auf norwegische Butterbrote! Ja, sie wohnen alle in London oder in der nächsten Umgebung, wahrscheinlich haben sie auch Autos. Ich hänge mich heute an die Strippe, dann werden wir mal sehen!"

Am Abend konnte Sonja mir mitteilen, daß alle zugesagt hätten.

„Wie viele sind es?" fragte ich und fing schon an, die Aufschnittmengen zu berechnen.

„Acht!"

„Dann Mylady . . . und du und Heiko . . . also elf."

„Und du und Xenia, Mensch, wir werden dreizehn zu Tisch sein!"

„Dann müssen wir eben Hasso eine Serviette um den Hals binden und ihn an den Tisch setzen", schlug ich vor. „Oder ich sitze nicht am Tisch, sondern übernehme das Servieren."

„Denkste! Na, irgendwie kriegen wir es schon hin, wir müssen eben einen extra Katzentisch machen, falls jemand in der Gesellschaft abergläubisch ist. Aber, also . . . Butterbrote für dreizehn Personen . . . Spitzenbrote!"

*

Dann stand ich ein paar Tage später mit pfundweise Brot, Butter und Aufschnitt in der Küche und schnitt und strich, strich und dekorierte, dekorierte und verteilte auf die großen Platten, die wir von Lady Robinson geborgt hatten. Im Wohnzimmer schufteten Heiko und Sonja. Sie stellten die ganze Filmvorführungsapparatur auf, legten Filme parat, stellten Stühle auf und so weiter. Xenia hatte die Kinder übernommen, und als sie trockengelegt und abgefüttert waren, half mir Xenia mit dem Streichen.

„Und diese Arbeit macht meine Mutter jeden Tag vier Stunden, tagaus, tagein", sagte ich. Mein Rücken tat weh von dem stundenlangen Stehen, und ich mußte eine kleine Pause machen.

Es fuhr mir durch den Kopf: Dies hätte Bernhard sehen sollen. Vielleicht hätte er dann verstanden, daß ich um keinen Pfennig von dem Geld bitten wollte, das meine sechzigjährige Mutter so schwer verdient hatte!

Die vielbeschäftigte Sonja erschien in der Tür.

„Wie geht's, Kinder? Mensch, sieht das schön aus! Gott sei Dank, daß ich gestern das Eis gemacht habe, das steht im Tiefkühler, sie kriegen nur Butterbrote und nachher Eis, das ist alles!"

„Aber *solche* Butterbrote!" sagte Xenia. „Jedes Stück ist ja eine ganze Mahlzeit!"

„Eben! Und so betrachten es auch die lieben Engländer. Ein Ehepaar unter den Gästen – Stone heißen sie – ist übrigens ein paarmal hiergewesen. Wir haben uns richtig mit den beiden befreundet. Sie haben sich rund und satt an ‚Norwegian sandwiches' gegessen!"

„Also, heute abend wird nur englisch gesprochen", seufzte ich.

„Nein, einer der Gäste spricht fließend Deutsch, er ist Deutschlehrer, furchtbar lustiger Kerl, übrigens ... er heißt Nicol, ist der Jüngste der Gesellschaft und ist genauso rothaarig wie du, Xenia. Ja, er ist noch röter, er trägt nämlich auch einen flammendroten Vollbart! Dann kommen zwei ältere Schwestern mit dem hochinteressanten Namen Smith ... dann eine Frau Henderson und ... ja, und dann das Ehepaar Connor, er ist Direktor für irgendein großes Unternehmen."

„O Xenia!" rief ich. „Du mußt Tischkarten zeichnen! Schreib dir schnell die Namen auf, und mach Australien-Tischkarten!"

Fünf Minuten später saß Xenia mit Papier, Stift und einem Bilderband mit dem Titel „Australiens Tierwelt" vor sich am Eßtisch und zeichnete, daß der Stift glühte!

Lady Robinson kam schon zum Nachmittagstee, und gegen neunzehn Uhr trudelten die anderen Gäste ein. Ich war noch in der Küche, als der erste Wagen anrollte, aber durch die halboffene Tür zum Flur hörte ich die Willkommensgrüße.

Da war Mrs. Henderson, dort begrüßte Heiko Mr. und Mrs. Connor und machte sie mit Xenia bekannt. Sie war behilflich, Mäntel und Hüte aufzuhängen. Da wurde jemand sehr herzlich mit Vornamen begrüßt... „Olivia" und „Alec". Das mußte Ehepaar Stone sein. Ich drehte den Kopf und bekam gerade noch ein bildschönes Frauengesicht unter schwarzen Haaren zu sehen. Jetzt begrüßte Heiko sehr höflich zwei ältere Damen und lotste sie ins Wohnzimmer, wo Sonja das Weitere übernahm. Und dann kam plötzlich Leben in die Bude.

„Was, bin ich der letzte? Das liegt an meinem blöden Wagen, das Biest fing an zu kochen. Furchtbar nett, Sie wiederzusehen."

Dann kam Heikos Stimme.

„Nun packen Sie Ihre deutschen Sprachkenntnisse aus, Mr. Nicol, diese junge Dame ist Deutsche ... darf ich bekannt machen, Xenia, Mr. Nicol, Fräulein Müller."

„Sagten Sie Xenia? Menschenskind, wo haben Sie den hübschen Namen aufgegabelt? Lassen Sie sich angucken, Sie sind ja genauso rothaarig wie ich, nicht wahr, rot ist doch die einzige vernünftige Haarfarbe?"

„Sie haben noch mehr gemeinsam mit Xenia", schmunzelte Heiko, und jetzt sprach er deutsch. „Sie ist Studentin und wird Lehrerin werden."

„Fein, dann sind wir ja Kollegen! Wissen Sie was, Xenia, falls ich einmal gegen jegliche Vermutung heiraten sollte, müßte es eine mit Ihrer Haarfarbe sein. Du liebe Zeit, was könnten wir für herrliche Kinder kriegen!"

Da hörte ich Xenias Lachen, und endlich kam sie auch zu Wort: „Ich bin so froh, daß jedenfalls einer hier Deutsch spricht!"

„Oh, da kommt gleich noch einer. Ach, da ist ja noch eine charmante junge Dame." Damit war ich gemeint, ich gesellte mich jetzt zu den übrigen. „Sind Sie auch Deutsche?"

„Nein, Norwegerin, aber ich spreche Deutsch, jedenfalls viel besser als Englisch. Ich heiße Heidi Hettring."

„Und Sie sind mit Sonja verwandt, soviel begreife ich. Ach richtig, Heiko, ich muß also beichten, ich habe einen ungebetenen Gast mitgebracht. Er steht draußen und quält sich mit meinem blöden Wagen ab. Mein Vetter, zu Besuch aus Deutschland, er kann auch Deutsch besser als Englisch. Halten Sie sich an ihn, Heidi, ich kümmere mich um Xenia! Na, da bist du ja ... darf ich bekannt machen ..."

Ein großer, schlanker Mann stand in der Tür. Heiko ging ihm entgegen, einen Augenblick war das Gesicht des Gastes von Heikos Kopf verdeckt. Aber dann kam er näher.

Es wurden Worte gesagt, es wurde bekannt gemacht, eine Hand wurde mir entgegengestreckt, ein Paar Augen, die das allergrößte Staunen ausdrückten, fanden die meinen.

Ich stand da mit meiner Hand in Bernhards.

Ich habe nur eine verwirrte Ahnung von dem, was in den nächsten Minuten gesagt wurde. Ich hörte Bernhards Stimme, die Sonja um Entschuldigung bat, weil er so ungebeten reinplatzte. Und dann Sonjas fröhliches Lachen: „Sie ahnen ja nicht, *wie* willkommen Sie sind! Ohne Sie wären wir dreizehn zu Tisch gewesen!" – Ich hörte mich selbst sagen: „Wir kennen uns schon aus Kiel." Was sonst gesagt wurde, ahnte ich nicht. Ich fing erst an, langsam zu mir zu kommen, als ich auf einem Stuhl saß, die Augen auf die Leinwand gerichtet. Der Film lief an, da kam Heikos Stimme mit kurzen Kommentaren, dazwischen Eingeborenen-Musik. Es war dunkel im Raum, ich brauchte mit niemandem zu sprechen, ich konnte versuchen, meine Gedankengänge wieder in Ordnung zu bringen.

Jemand setzte sich auf den freien Stuhl neben mir.

Eine Hand umfaßte die meine. Ich fühlte ihren sanften Druck, und meine Hand beantwortete ihn.

Dann wußte ich es: Diese Hand würde mich auf das richtige Lebensgleis zurückführen!

Leider muß ich gestehen, daß ich kein aufmerksamer Zuschauer war. Meine Augen waren allerdings auf die schönen Bilder gerichtet, aber mein Gehirn war außerstande, das Gesehene zu registrieren. Ich hörte erstaunte Ausrufe, Lachen, bewundernde Worte, ich bekam eben noch mit, daß die Menschen, die hier um mich saßen, sich selbst auf dem Filmstreifen wiedererkannten. Aber nur eins war mir bewußt, nur eins füllte meinen Kopf und mein Herz: Ich saß neben Bernhard mit meiner Hand in der seinen.

Wir hatten den ganzen Abend keine Gelegenheit, miteinander richtig zu sprechen. Nur einen ganz kurzen Augenblick, als ich in die Küche ging. Da kam Bernhard mir nach.

„Heidilein, wann können wir uns treffen?"

„Ich weiß nicht, kannst du wieder herkommen?"

„Ob ich das kann! Wann du willst . . . so bald wie möglich . . ."

„Ich mache den Haushalt hier, während Sonja im Institut arbeitet. Ich bin immer allein von neun bis dreizehn Uhr."

„Morgen, kurz nach neun", flüsterte Bernhard. Er drückte mich fest an sich. „Mein Mädchen – mein kleines Mädchen – ich habe mich wie ein Esel benommen."

„Und ich wie ein Schaf", gestand ich.

„Ich habe mich furchtbar gesehnt . . ."

„Ich auch . . ."

Bernhard küßte mich. Er hatte mich gerade losgelassen, als Sonja in die Küche kam.

„Ach, da sind Sie! Heidi, das ist doch nett, daß ausgerechnet ein alter Bekannter von dir hier aufgetaucht ist . . ."

„Nett", wiederholte Bernhard. Dann legte er wieder seinen Arm um mich, sah Sonja mit seinen leuchtenden Augen an und sagte: „Frau Brunner, was würden Sie antworten, wenn jemand Ihnen sagte, es sei doch ‚nett', daß Sie Ihren Mann kennengelernt haben?"

Sonja lachte. „‚Nett' ist gut! Das war doch das Wunder meines Lebens!"

„Und heute geschah das Wunder in unserem Leben!" sagte Bernhard.

Bernhard und ich

Erst am Tisch konnte ich die Gäste richtig ansehen. Eine Sammlung von Menschen, zusammengewürfelt auf einer Reise, verschieden von Alter und Milieu, aber alle freundlich und allerbester Laune. Die beiden grauhaarigen Schwestern Smith, die bildhübsche Frau Stone und ihr erheblich älterer, aber ausgesprochen sympathischer Mann. Die reizende Lady Robinson mit ihren jungen Augen und dem alten Gesicht. Die energische, resolute Frau Henderson. Da saßen die beiden Rotschöpfe, Herr Nicol und Xenia. Ich hörte gerade Xenias Stimme: „Die Aufnahmen von Ihnen in Honolulu waren ja einmalig, Herr Nicol . . .", und die Antwort: „Ich heiße William, Xenia, meine Freunde nennen mich Bill!"

Dann das Ehepaar Connor, zwei ruhige, sichere Menschen mittleren Alters. Herr Connor entfernte gerade seine Tischkarte vom Glas, damit Heiko einschenken konnte, dann stutzte er und betrachtete die Karte näher. Ich hatte sie ja gesehen, und gerade diese Karte hatte ich besonders bewundert: In dem großen C saß ein Koalabärchen mit einem Jungen auf dem Rücken.

„Mrs. Brunner! Nun sagen Sie, wer hat diese Karten gezeichnet? Sie, Miß Xenia? Zeigen Sie her!“ Schnell sammelte Mr. Connor die Tischkarten ein. Da waren lauter australische Tiere, alle geschickt in die Anfangsbuchstaben der verschiedenen Namen hineingezeichnet. „Das ist ja phantastisch! Sie sind Zeichnerin von Beruf?“

„Nein“, antwortete Xenia in ihrem langsamen, gepflegten Schulenglisch. „It is just my hobby.“

„Ich muß nachher mit Ihnen sprechen“, sagte Mr. Connor. „Diese Fähigkeit müssen Sie ausnützen, und ich werde Ihnen dabei behilflich sein!“

Nach dem Essen sah ich, daß Mr. Connor Xenia in eine ruhige Ecke entführte. Als ich den Kaffee servierte, sagte er gerade: „Haben Sie mehr Zeichnungen, Miß Xenia? Kann ich sie sehen?“

„Ja, aber ich habe sie nicht hier. Sie sind drüben im Institut, im Hauptgebäude.“

„Ach, das ist ja nicht weit, bitte, holen Sie sie doch nach dem Kaffee!“

„Das macht sie!“ rief Bill Nicol. „Ich werde Xenia begleiten, verlassen Sie sich darauf!“

Die beiden brauchten erstaunlich viel Zeit für das kleine Stück zum Institut und zurück. Aber endlich erschienen sie, Xenia mit einem Skizzenbuch in der Hand und einem neuen Glanz in den Augen.

Ich guckte über Mr. Connors Schulter, als er das Heft durchblätterte. Da waren unzählige Zeichnungen von Bicky, zu einem Knäuel zusammengerollt, dann beim Spielen, beim Essen, beim Männchenmachen und noch viel mehr.

„Liebe Zeit, diese Zeichnungen hier in England, wo man pudelverrückt ist.“ Mr. Connor blätterte weiter. Da eine Reihe schnelle Studien über die beiden Siamkatzen, da der Neufundländer, auch in verschiedenen Stellungen, und zuletzt kamen etliche Skizzen von Sonjas Zwillingen. Mrs. Connor saß neben ihrem Mann und guckte mit. Sie rief laut vor Bewunderung, als sie die Babyskizzen sah.

„Karten für Tauffeiern“, rief sie laut. „Nicht wahr, Darling? Und für Geburtsanzeigen!“

„Miß Xenia“, sagte Mr. Connor und reichte das Skizzenbuch an das nächste gierige Händepaar. „Ich muß mit Ihnen sprechen. Sie wissen wohl nicht, daß ich eine große Druckerei habe. Tischkarten und Glückwunschkarten sind bei uns sehr wichtige Artikel. Können Sie irgendwann in den nächsten Tagen nach London kommen?“

„Ja, am Mittwoch.“

„Ausgezeichnet. Hier ist meine Anschrift.“

Xenia stand da mit einer geschäftlich aussehenden Karte in der Hand, und ihre Augen leuchteten.

Lady Robinson wandte sich zu Mr. Connor: „Sind Sie auch sonnabends in Ihrem Büro, Mr. Connor? Ich muß nämlich Sonnabend in die Stadt, dann könnte ich Xenia mitnehmen.“

„Je eher, desto besser, Mylady! Ich bin im Büro bis dreizehn Uhr.“

„Und meine Tochter Helene?“ fragte Sonja.

„Die bleibt bei Heidi.“

„Gut, einverstanden“, sagte ich. „Aber dafür schicke ich morgen früh Beate mit zu Xenia!“

„Aha“, kam es von Sonja. Sie lächelte Bernhard und mir verschmitzt zu.

„Mylady“, sagte Bill Nicol. „Erinnern Sie sich zufällig an den Tag am Ayers Rock?“

„Und ob ich das tue! Ich vergesse nie, daß Sie unter den fünf Teilnehmern waren, die zwei Stunden opferten und mit uns zurückflogen!“

„Wollen Sie etwas für mich tun, weil ich damals so lieb war?"

„Ganz bestimmt!"

„Fein. Dann geben Sie am Sonnabend Xenia den ganzen Tag frei. Ich hole sie von Mr. Connors Büro ab und bringe sie irgendwann abends heil zurück."

Mylady lächelte.

„Ja, wenn es Xenia recht ist, wie ist es, Xenia?"

„O ja", sagte Xenia leise. „Das ist mir schon recht!"

Am folgenden Morgen war ich um sechs auf. Bevor Sonja und Heiko aufwachten, hatte ich alle Spuren von der Party beseitigt, hatte abgewaschen und die Zimmer in Ordnung gebracht. Beide Kinder waren versorgt, Windeln und Flaschen für den Tag waren schon in dem breiten Zwillingswagen eingepackt.

Eine Stunde später war ich allein im Haus.

Ein gemütlicher Frühstückstisch war für zwei gedeckt. Ich hatte das hübsche, von Beate geerbte Kleid angezogen und hatte mir furchtbar viel Mühe mit meinen Haaren gemacht.

Alles war parat. Bernhard durfte kommen.

Und er kam.

Zum erstenmal saßen wir in einem netten Zimmer zusammen, zum erstenmal aßen wir eine Mahlzeit in häuslicher Umgebung. Zum erstenmal hatten wir viel Zeit und absolute Ruhe.

Das brauchten wir.

Wir sprachen uns alles von der Seele, wir räumten mit Dummheiten und Mißverständnissen auf.

„Zuerst war ich natürlich wütend", gestand Bernhard. „Aber dann fing ich an, dich ganz furchtbar zu vermissen, und endlich begann ich darüber nachzudenken, was du in deiner Wut und deiner Enttäuschung gesagt hattest. Unter anderem hast du behauptet, daß ich keine Einfühlungsgabe hatte. Ja, dann versuchte ich, die ganze Sache mit deinen Augen zu sehen, und ich glaube, es ist mir gelungen, und darauf fing ich an, mich furchtbar zu schämen!"

Ich nickte.

„Genauso ging es mir. Ich versuchte auch, dich zu verstehen. Es wurde mir allmählich klar, daß es eine schreckliche Enttäuschung für dich sein müßte, daß ich dich so nach Strich und Faden belogen hatte. Und daß du dann in der ersten Aufregung Dinge sagtest, die du vielleicht nicht so meintest."

„Gott sei Dank, daß du das verstehst, Heidilein."

„Aber Bernhard . . . als es dir klar wurde, daß du . . . daß . . ."

„. . . daß ich dich ganz furchtbar lieb hatte, du Teufelsmädchen . . ."

„Ja . . . ich meine . . . warum hast du dann nichts von dir hören lassen?"

„Weil ich an dem Tag, als ich es mir vorgenommen hatte, mit neununddreißig Grad Fieber aufwachte und mehr als eine Woche mit einer handfesten Grippe im Bett bleiben mußte! Als ich mich hochgerappelt hatte, rief ich Frau von Waldenburg an. Sie machte mir die traurige Mitteilung, daß du gar nicht im Lande warst. Ich nahm an, daß du nach Hause gefahren warst. Dann dachte ich, besser in eine andere Umgebung zu fahren, weg von der Weißen Brücke und von allem, was mich immer an dich erinnerte. Worauf ich zu meinem Vetter Bill fuhr. Bei ihm habe ich immer eine Dauereinladung, wir verstehen uns großartig. Er ist ein ulkiger Kerl, aber du darfst nicht denken, daß er immer so ein Clown ist. Er hat sehr viel Ernst und sehr viel Grips hinter seiner Clownfassade!"

„Glaubst du, daß es der Clown oder der ernste Mensch ist, der sich so für Xenia begeistert hat?"

„Beinahe glaube ich, daß es der ernste Mensch ist. Er sprach gestern abend während der ganzen Fahrt, anderthalb Stunden, nur über Xenia. Sie ist auch ein ganz merkwürdiges Mädchen. Sie hat eine Ausstrahlung, es ist etwas an ihren Augen . . . Aber ich kann es schlecht erklären . . ."

„Heiko sagt dasselbe."

„Siehst du, dann ist wohl was dran."

„Wieso ist Bill dein Vetter, Bernhard?"

„Unsere Mütter sind Schwestern. Meine Mutter ist Engländerin, habe ich dir das nicht erzählt?"

„Nein . . . es gibt bestimmt eine Menge, was du mir nicht erzählt hast."

„Und du mir ebenfalls nicht. Aber wir haben ja jetzt viel Zeit vor uns." Bernhard machte eine kleine Pause, dann lächelte er und nahm meine Hand. „Weißt du, Heidilein, als ich tagelang so rumging und grübelte, wurde mir etwas klar. Es war eigentlich phantastisch tapfer von dir, daß du wegen deiner Eltern das Opfer auf dich nahmst, die ganzen Weihnachtstage auf der Bude zu bleiben. Denn als du es tatest, wußtest du ja nicht, daß Xenia auch dableiben würde. Ja, und dann dachte ich daran, was für eine gute Tochter du bist. Und daß eine so gute Tochter bestimmt auch eine gute Ehefrau werden wird . . ."

Einen Monat später

An einem sonnigen Apriltag landeten wir in Hamburg, Xenia, Bernhard und ich. Die beiden hatten sich richtig befreundet.

„Ich weiß nur nicht, wie ich dich betrachten soll, Xenia", hatte Bernhard schmunzelnd gesagt. „Wirst du meine Schwägerin oder meine Kusine?"

„Schwiegerkusine", schlug Xenia vor.

Bernhard kannte Xenias Lebensgeschichte. Ich hatte sie ihm erzählen dürfen, ebenso Heiko und Sonja. Xenia hatte selbst Lady Robinson die ganze Tragödie erzählt . . . und selbstverständlich Bill.

„Ja, in den nächsten Semesterferien werdet ihr wohl kaum zusammen arbeiten", sagte Bernhard, als wir in der Taxe vom Flughafen nach Bahnhof Altona fuhren.

Xenia lächelte.

„Kaum. Ich werde zwei Monate bei Mr. Connor arbeiten, werde mich über Druckverfahren und über technische Dinge informieren. Und natürlich weiterzeichnen."

„Ich bin so froh für dich, Xenia", sagte ich. „Daß deine Zeichnungen dir jetzt etwas einbringen."

„‚Etwas' ist gut", lächelte Xenia. „Ist dir klar, daß meine Zeichnungen und Frau von Waldenburgs einmalige Güte mich durch die ganze Studienzeit über Wasser halten werden? Daß ich voraussichtlich keine Geldsorgen mehr haben werde?"

„Ja, es ist mir klar, und ich freue mich so schrecklich darüber!"

„Und ihr?" fragte Xenia. „Was macht ihr in den Ferien?"

„Da mußt du mich fragen", meinte Bernhard. „Denn jetzt bestimme ich! Wenn ich mein Staatsexamen gemacht habe und Heidi – natürlich mit Erfolg – ihr zweites Semester hinter sich gebracht hat, dann setze ich sie in meinen Wagen, und wir fahren nach Norwegen! Und diesmal wird sie sich nicht zurückschleichen und in ihrer Bude bleiben, die kleine Lügnerin!"

„Und was macht ihr in Norwegen?"

„Heidi macht Urlaub, und ich . . ."

„Ja, was machst du?"

„Hoffentlich einen guten Eindruck auf meine zukünftigen Schwiegereltern!"

„Und nachher?"

„Nachher? Ja, dann fahren wir zurück, und Heidi steigt ins dritte Semester, und wir treffen uns jeden Morgen auf der Weißen Brücke. Ich mache meinen Referendar und nachher den Assessor."

„Und dann heiratet ihr?"

„Ach nein, so lange wollen wir doch nicht warten. Heiraten, das tun wir irgendwann zwischendurch!"

Wir hatten im Zug Plätze gefunden, und Bernhard verstaute das Gepäck. Er sah auf die Uhr.

„Ach, wir haben noch eine Viertelstunde Zeit, ich hole uns schnell etwas Eis! Was möchtest du haben, Xenia?"

„Ein Mokkaeis, bitte."

„Zu Befehl! Und du, Muschi?" wandte er sich zu mir.

„Erdbeer, bitte!"

Bernhard verschwand mit langen Schritten Richtung Eisbude.

Xenia lächelte.

„Muschi ... das klingt so ... so liebevoll. Weißt du, daß ich auch einen Kosenamen habe, zum erstenmal in meinem Leben?"

„Nein, das weiß ich nicht. Wie nennt dich denn dein Bill?"

Xenias Lächeln wurde warm und glücklich, und sie antwortete leise: „Er nennt mich ... ‚kleine Hexe' ..."

Schneider-Buch

Illustration: Nikolaus Moras
Umschlaggestaltung: Claudia Böhmer (Entwurf),
Regina Steinhauer (Gestaltung), Nikolaus Moras (Illustration)
Herstellung: Manfred Prochnow
ISBN 3-505-04011-8
Bestell-Nr.: 4011

Ich über mich

Geboren in Stavanger, Norwegen. Schulzeit und Abitur in Oslo. Fing schon in der Unterprima an, Kleinigkeiten für Zeitungen zu schreiben. Nach dem Abitur versuchte ich es ein Jahr als Schauspielerin, Gott sei Dank wurde mir rechtzeitig klar, daß ich auf der Bühne ganz fehl am Platze war. Übersiedelte nach Bergen, wurde da im Hörfunk als Leiterin der Jugendmärchen-Programme eingestellt und wurde sehr häufig als Vortragshalter etc. benutzt.

Ich schrieb Unterhaltungs-Programme, Revuen, Chansons (die ich selbst vorführte), machte Werbetexte, assistierte in Kinder-Programmen, leitete die Hausfrauen-Programme. Dann fing ich an, Bücher zu schreiben, und dabei blieb ich.

Meine ersten Bücher waren Tiergeschichten für Kleinkinder, dann folgte ein Roman, und dann fing ich mit den Mädchenbüchern an. Ich habe ungefähr 80 Bücher geschrieben, davon sind an die 30 auf deutsch erschienen.

Gleich das erste Mädchenbuch, das von mir in Deutschland erschien („Meine Tochter Liz"), wurde ein sehr schöner Erfolg. Dieser

Glücksfall machte mir den weiteren Weg auf dem deutschen Buchmarkt leicht. Seit Mitte der sechziger Jahre schreibe ich direkt auf deutsch; ich wohne auch schon lange in der Bundesrepublik.

An Hobbys habe ich eine ganze Menge:

Reisen – am liebsten nach Afrika.

Tiere – ich bin ein „geborener Tiermensch" und fühle mich nie glücklicher, als wenn ich mit Tieren zu tun habe.

Musik – habe eine schöne Sammlung klassischer Musik.

Stricken – ich entwerfe selbst meine Muster, es macht mir einen Heidenspaß.

Kochen – ich wohne mit einer Freundin zusammen und koche gern; sie behauptet, daß ich in der Küche immer einen Ausdruck des wahren Glücks habe.

Dann drehe ich Schmalfilme, die ich vertone; habe auch vier lange Trickfilme gedreht – lauter Einzelbildaufnahmen mit kleinen Spielzeugtieren als Personen. Mühsam, aber lustig.

Ich leide an Apparatitis. Das heißt, ich habe eine Menge elektrischer Apparate, besonders in der Küche, und benutze sie mit Wonne.

Dann habe ich einen Hund namens Bicky, der mir das Leben kompliziert, eine Menge Geld kostet, mir die Zeit stiehlt – und den ich über alles liebe!

Dann zuletzt ein klein bißchen Ernst. Ich habe einen Wahlspruch, nach dem ich zu leben versuche – leider gelingt es mir nicht immer:

„Wenn ich weiß, daß jemand leidet, und ich könnte helfen und tu es nicht, dann bin ich an dem Leiden schuld."

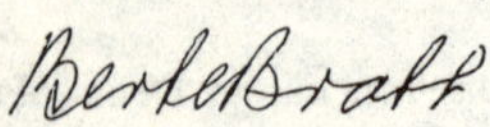

Die Taschenbuch-Edition von Berte Bratt:

HABE ICH		WÜNSCHE ICH MIR
	Das Leben wird schöner, Anne	
	Anne und Jess	
	Anne, der beste Lebenskamerad	
X	Meine Tochter Liz	
	Ein Mädchen von 17 Jahren	
X	Bleib bei uns, Beate!	
	Hab Mut, Katrin!	
	Meine Träume ziehen nach Süden	
	Die Glücksleiter hat viele Sprossen	
	Sonjas dritte Sternstunde	

Die Taschenbuch-Edition von Berte Bratt:

HABE ICH		WÜNSCHE ICH MIR
X	**Ich zähl die Tage im Kalender**	
	Machst du mit, Senta?	
	Sonnige Tage mit Katrin	
	Nur ein Jahr, Jessica!	
	Kleiner Hund und große Liebe	
	Alles kam ganz anders	
	Alle nennen mich Pony	
	Mein großer Bruder	
	Nina, so gefällst du mir!	
	Nicole, ein Herz voll Liebe	
X	Wir Schaffen es gemeinsam	

Gib diesen Wunschzettel Deinen Eltern oder Großeltern oder allen, die Dir gerne eine Freude machen wollen.

Spannende SchneiderBücher von Marie Louise Fischer:

HABE ICH		WÜNSCHE ICH MIR
	Serien	
	Ulrike kommt ins Internat (Band 1) Ulrike, das fünfte Rad am Wagen	
	Ulrike, das schwarze Schaf im Internat (Band 2) Überheblichkeit macht Ulrike zum Außenseiter	
	Schön war's im Internat, Ulrike (Band 3) Trotzkopf Ulrike lernt eine Freundschaft schätzen	
X	**Ein Mädchen kommt ins Landschulheim** Leona kämpft um eine Freundschaft	
X	**Es tut sich was im Landschulheim** Ute schafft Verwirrung auf Burg Rabenstein	
X	**Jung und verliebt im Landschulheim** Leona und Ute entdecken ein Geheimnis	
X	**Guten Tag, ich bin das Hausgespenst!** (Band 1) Familie Schmidt zieht eines Tages in ein altes Haus . . .	
X	**Hilf mir, liebes Hausgespenst!** (Band 2) Ein Hausgespenst bringt Freude und Leid!	
X	**Danke, liebes Hausgespenst!** (Band 3) Hilft das Hausgespenst, den großen Schatz zu finden?	
	Klaudia Die drei beliebten Klaudia-Bände in einem!	

Gib diesen Wunschzettel Deinen Eltern oder Großeltern oder allen, die Dir gerne eine Freude machen wollen.

HABE ICH		WÜNSCHE ICH MIR
	Die Mädchen aus der Parkschule	
	Katrin mit der großen Klappe (Band 1) Katrin ist eine schreckliche Angeberin, doch eines Tages kommt alles raus!	
	Nur Mut, liebe Ruth! (Band 2) Wie gerne wäre Ruth so tapfer und frech wie ihre Freundinnen . . .	
	Silvy will die Erste sein (Band 3) Silvy muß lernen, daß sie nicht allein auf der Welt ist.	
	Ein unmögliches Mädchen Zu zweit durch dick und dünn	
	Das unmögliche Mädchen setzt sich durch Eine Freundschaft wird auf die Probe gestellt	
	Einzeltitel	
X	**Wirbel im Internat** Alle schwärmen für den Lehrer	
	Im Internat gibt's keine Ruhe Enttäuschte Mädchen rächen sich	
	Jetzt schlägt's dreizehn, Gundula Ein Mädchen bewährt sich	
	Susebill tut, was sie will Ein Traum geht in Erfüllung	
	Daniela und der Klassenschreck Aufruhr in der Klasse	

Gib diesen Wunschzettel Deinen Eltern oder Großeltern oder allen, die Dir gerne eine Freude machen wollen.